弁当屋さんのおもてなし

甘やかおせちと年越しの願い

喜多みどり

目次

人物紹介

●**小鹿千春**《こじかちはる》
コールセンターに勤務するＯＬ。
『くま弁』のお弁当が大好き。

●**大上祐輔**《おおかみゆうすけ》**（ユウ）**
弁当屋『くま弁』で働く店員。
ミステリアスな雰囲気の好青年。

●**土田若菜**《つちだわかな》
「太りたい」願望を持つ若い女性。
彼氏に依存気味。

●**宇佐小夜子**《うささよこ》
千春の会社の後輩。
弁当屋さんが苦手。

●**田貫**《たぬき》
田貫堂書店を経営する
恰幅の良い男性。

●**木津根**《きつね》
田貫の親友だが
約三十年前に喧嘩別れした。

●**加茂野晴嗣**《かものせいじ》
花卉《かき》農家を営む。
男手一つで美晴を育てた。

●**加茂野美晴**《かものよしはる》
高校二年生。進路で悩んでいる。

イラスト／イナコ

・第一話・　先割れスプーンとオムライス弁当

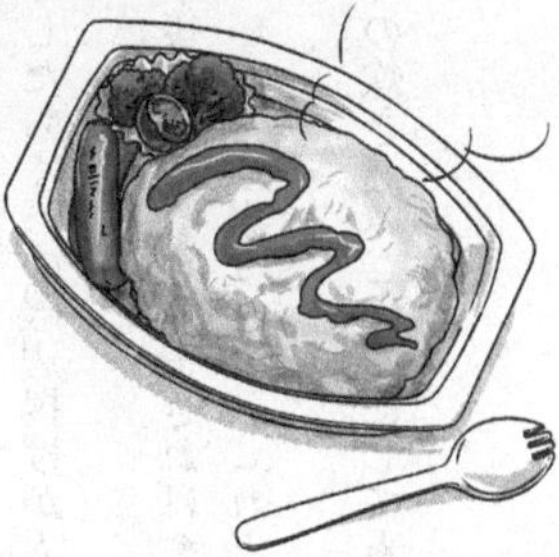

くま弁のカウンターには、日替わり弁当始め、その日提供しているお弁当の一覧が写真入りで貼り出されている。

ザンギ弁当、ミックスフライ弁当、カレー弁当、鮭弁当辺りは定番だ。

そこへ季節によって、春なら春キャベツの回鍋肉《ホイコーロー》弁当にふきのとうの天ぷら入りの天丼弁当、夏なら夏野菜のカレー弁当や脂がたっぷり乗った真鯖《さば》の塩鯖弁当、お盆を過ぎるとサンマの竜田揚げ弁当やら鮭ときのこの南蛮漬け弁当やらが入ってくる。

冬に一歩入った十一月の今日は、カリッと黄金《こがね》色に揚がったカレイの唐揚げ弁当が美味《お》しそうだ。いや、鱈《たら》の野菜あんかけ弁当に豚汁を合わせるのもありかもしれない。いやいや、待て待て、ここは基本に立ち返り、カリモチッとしたちくわの磯辺揚げが入った鮭海苔《のり》弁当という手もある……。

千春《ちはる》はメニューを見つめて真剣に悩んでいた。一日の最後に取る食事。できればやっぱりこれを注文してよかったという気持ちで一日を終えたい。そう思うとあれこれと思い悩んでしまう……。

——よし、やっぱりザンギ弁当にして、ごはんをきのこの炊き込みごはんにしてもらおう。

千春が意を決して顔を上げた時、

「こんばんはー、ザンギ弁当まだある？」

元気な声とともに、なじみの女性客がくま弁に飛び込んで来た。

「いらっしゃいませ、三輪様《みわ》。ザンギ弁当ありますよ、最後の一つでしたね」

「わあ、よかった！」

ラストザンギ弁当が……！

千春は悔しさが思わず顔に出そうになった。ぐっと奥歯を噛《か》んで堪《こら》え、あえて背筋を伸ばして笑顔を作り、隣に立った三輪に挨拶《あいさつ》する。

「どうも、三輪さん」

「あらー、小鹿《こじか》さん。こんばんは！」

三輪ことりはくま弁の常連の一人だ。四十代くらいの女性で、いつも黒髪を一つにまとめてシンプルなバレッタで留めている。今日も仕事帰りらしい彼女は、スーツの上からコートを着て、ヒールが低い歩きやすそうな靴を履いている。肩にかけた鞄《かばん》が重そうだ。

「小鹿さん何にしたの？」

「まだ決めてなくて……」

そう言ってごまかすしかない。

「私ね、ザンギ弁当、今日の昼からずっと決めてたの。夜はザンギ弁当買って帰ってビール飲むって！」

「あ、それいいですね」

「でしょ〜」

三輪はうきうきした様子だ。千春はそれを見ているうちに、ザンギ弁当を注文できなかった悔しさが吹き飛んでしまった。むしろ、来店してから決めた千春より、これだけ心待ちにしていた三輪に食べられた方が、ザンギ弁当も本望だろう……。

だが、三輪は突然、あら、と呟《つぶや》いて自動ドアを振り返った。つかつかとドアまで戻り、開いたドアから身体半分出して、すぐ脇にいた誰かに話しかける。

そして、三輪は、店の外にいた、別の女性の手を引いて戻ってきた。

こちらはおそらく二十歳になったかどうかくらいの若い女性で、長い髪を明るい色に脱色し、さらに前髪だけ一筋ピンクに染めている。スカートから覗《のぞ》く足は細くて、見ていると不安になるくらいだ。

「ユウ君、この子も注文するから」

女性は黙って小さな頭を下げた。

「いらっしゃいませ、お決まりになりましたらどうぞ」

「……………」

彼女は困り顔で、カウンターのメニューに視線を落としている。

千春は二人の関係性を不思議に思って、三輪にそっと尋ねた。

「あの、こちら三輪さんのお子さん……」

「じゃないからね」

三輪は苦笑して答えた。

「教え子なの。もう卒業生なんだけどね。前から私がくま弁のこと勧めてたから、来てみたんだって。でも、入りにくかったみたいで、私が来た時は、お店の前でうろうろしてたの」

「へえ〜、えっ、じゃあ、三輪さんって先生だったんですか？」

「そうよ〜、数学教えてるの」

「あ、言われてみると先生っぽいような……」

「そう？」

けらけらと三輪は笑う。先生と一口で言ってもいろんなタイプの人がいるだろうが、いつも髪型含めてかっちりした格好で、話好きそうな、面倒見が良さそうな彼女が教師だというのは、イメージによく合っていた。

「この子はツチダワカナ。土に田んぼの田で土田《つちだ》、若い菜っ葉で若菜《わかな》。ユウ君、オススメ教えてあげてよ」

「そうですね……鱈が美味しくなってきましたし、揚げた鱈にこれも旬のれんこんやきのこ入りのあんをかけた鱈のあんかけ弁当はいかがでしょうか。あるいは、メンチカツとかぼちゃコロッケのお弁当も若い人がよく買われていきます。小食の方ならミニ弁当もご用意がありますよ」

そろそろ寒くなってきて、冬の魚が美味しい季節になってきた。しゃきっとしたれんこんの歯ごたえとさっくりふわっと揚がった鱈の食感を思うと今すぐ鱈のあんかけ弁当を注文したくなる。

だがメンチカツとかぼちゃコロッケの組み合わせも捨て難いし、さらに言うと遅い時間なんだからもう少し脂質とカロリーが控えめのものの方がおなかに優しいかもしれない……いやでもくま弁のメンチカツはジューシーなのに脂っこくなくて、揚げ物であっても、罪悪感が抑えられるのだ。ああ、ソースをたっぷりつけてあのメンチカツに齧《かじ》り付きたい……。

ついさっきまでザンギ弁当を食べ損なったことを悔しがっていたのに、ユウの説明を聞くとよだれが溢《あふ》れそうになるのだから、現金なものだ。

「……はあ」

だが、三輪の教え子の女性、若菜の口からは、なんとも気のない返事が漏れただけだ。

「はあ、って。なあに、その態度。食べたいから来たんでしょ」

「……まあ」

「じゃあ、どんなの食べたいの」

若菜は眉間《みけん》に皺《しわ》を寄せた難しい顔でメニューを見つめ、黙りこくっている。

「ご試食いかがですか？」

そのとき、ユウがさっと小皿を出して来た。皿の上には一口大に切って爪楊枝《つまようじ》を刺した玉子焼きが並んでいる。

「どうも……」

ぼそぼそと言って、若菜は玉子焼きを一つ口に入れる。口を動かすにつれて、その表情がふっと明るくなる。眉間に寄せていた眉《まゆ》が開いて、丸く大きな目で、ユウを見上げる。きらきらと、その瞳《ひとみ》が輝いている。丸まっていた背筋まで伸びて、ぴょんぴょん飛び跳ねそうだった。

美味しい、という弾んだ小さな呟きが聞こえてきた。

「ありがとうございます。どのお弁当にもお入れできますよ」

くま弁ではおかずの内容については多少の融通が利く。玉子焼きを気に入ったらしい若菜は嬉《うれ》しそうに見えた。三輪はそんな若菜を微笑ましそうに眺めて、尋ねた。

「それで、何にする？」

「…………えっと」

しばらく悩んでから、彼女はおずおずと口を開いた。

「……どれ食べたら太れる？」

なるほど、太れる――太れる？

千春はちょっとびっくりしたが、考えてみれば『若い女性は太りたがらない』なんて勝手な先入観だ。千春自身、彼女くらいの年の頃は、増進する食欲と理想のスタイルの間で揺れ動いた末に自分なりの折り合いをつけたものだが、別にそれが世の女性すべてにあてはまるわけではない。

若菜は痩《や》せすぎているようにも見える。太った方が健康的だと医者に勧められたのかもしれないし、自分でもっと太った方がいいと思っても不思議ではない。

「太りたいの？」

三輪が確認すると、若菜はこくりと頷《うなず》いた。

「うん」

「理由聞いてもいい？」

「……………彼に言われたから」

「なんて言われたの？」

「私が痩せすぎてて気持ち悪いからって」

えっ、気持ち悪い？千春は強い言葉にぎょっとした。口の悪い人だとしても、恋人にその言い方はないような……。

だが、出会ったばかりの相手にそういう疑問を口にするのは憚《はばか》られて、千春は驚きながらも口を噤《つぐ》んでいた。

一方、三輪にとって若菜は『出会ったばかりの相手』ではなかった。

「えっ、何その男！」

彼女はとても率直な感想を口にした。

「気持ち悪いとかひどいこと言うね……もうちょっと言い方があるんじゃないの？」

「優しいところもあるし……」

「それに、若菜、あんた、前にダイエットするって言ってなかった？　私止めたのに聞かなくて、そのときも、彼に言われたって言ってたでしょ。あれ、同じ人なの？」

「別に先生に関係ないし」

若菜は明確には答えない。あ、これは同一人物っぽいな、と千春は感じた。

三輪は眉間に皺を作って、大きなため息を吐いた。

「くま弁ではね、お客さんの健康と好みを真面目に考えて一食一食お弁当作ってるのよ。それを男に太れって言われたから食べるって――」

「先生だってちゃんと食べてるかって会うたび聞くじゃない！」

「それは心配だからでしょ！」

「たっくんだって、私のこと心配してくれてるだけだってどうして思えないの！」

たっくんというのが若菜の恋人の名前らしい。

「どうせアタシなんかと付き合う男はろくでもないとか思ってるんでしょ」

「若菜、そうじゃないでしょ、心配してる相手に気軽に気持ち悪いとか言わないのよ、普通は。太れとか痩せろとか言って、彼はあんたを振り回してるのよ」

「たっくんは心配してくれてるだけだから！」

たたきつけるようにそう言い放って、若菜は自動ドアが開くのを待つのももどかしいようすで、店を飛び出してしまった。

「若菜！」

三輪は店の外まで追いかけたが、若菜は道路を渡り、結構な速さで走り去ってしまった。

三輪は渋面で戻ってきて、ユウと千春に心配そうな目を向けられていることに気付くと、申し訳なさそうに謝った。

「ごめんなさい、騒がせて」

三輪は小さく溜《た》め息《いき》を吐いた。

「やっちゃったわ。感情的になっちゃ駄目だってわかってるのに。結局お弁当買ってくれなかったし……ユウ君も私のせいでお客を一人逃がしちゃったわね」

「大丈夫ですよ。きっと、またいらっしゃいますから」

ユウは気負いもなく請け負った。

「どうして？　太りたいだけなら店は他にもあるし、私を避けてここには来なくなるんじゃないかしら」

「玉子焼き、とても美味《おい》しそうに召し上がってましたから」

自信たっぷりに、彼は微笑んで言う。

千春と三輪は顔を見合わせ、どちらからともなく噴き出してしまった。

「じゃあ、若菜がまた来たら、様子見ておいてもらえないかしら？」

「いいですよ」

「ありがとう、ユウ君」

頭を下げる三輪に、ユウはザンギ弁当を差し出した。

「ご注文のザンギ弁当です」

自分の注文を半ば忘れていたらしい三輪は弁当を見てびっくりした顔をして、それから照れたように笑った。

❄

結局千春は鱈《たら》のあんかけ弁当を頼んだ。

鱈は淡泊だがさくっと揚がって、ふんわり優しい身に黄金《こがね》色のあんがよく絡んでいる。だしときのこのうまみが効いていて、れんこんのしゃきしゃき、もっちりした食感もいい。ほんのり酸っぱくて甘辛い味付けはごはんが進む。やはり季節のものは美味しいなあ、と千春はザンギのことも忘れて鱈を堪能《たんのう》した。

ちなみに、食べたのは自宅ではなくて、くま弁のバックヤードにある和室だ。基本的には従業員の休憩室という位置づけだが、客と話があればここに通すし、居住スペースも兼ねているから、ユウやオーナーの熊野《くまの》はここで三度の食事を取る。千春もここで何度か食事をいただいたことがある。

ユウに、返してもらう本がこの休憩室にあると言われた千春は、ついでに買った弁当を食べさせてもらうことにしたのだ。

「ごちそうさまでした」

誰が聞いているわけでもないが、食べ終わった千春は手を合わせて呟《つぶや》いた。くま弁に通うようになって、一人でもこうして食事の前後に手を合わせるようになった。いただきますとごちそうさまの間は食事の時間だと思うと、食べることに集中できる気がする。

「さてと」

食べ終わったし、貸していた本は紙袋に入って畳の上にきちんと置かれているし、別にこのまま帰ってもいいのだが、千春はぐずぐず居座った。

柱にかけられた鳩時計が時を知らせる。レトロなオレンジ色のフードがついた電灯。使い込まれた飴色《あめいろ》の家具。ちゃぶ台と柱の傷が思い出を物語る。

ここは古くて穏やかな空気が漂っていて、同じように一人で過ごしても、自分のマンションの部屋にいるのとは全然違う。

刻まれた時間とか思い出とかが雄弁に語りかけてくる感じがして、楽しい。

それに、厨房《ちゅうぼう》は扉一枚隔てた向こうだ。隣でユウが働いている気配とか、客と話す声とかが伝わってくる。

「これでこたつだったら最高なんだけどな……」

呟いてはみたものの、北海道の屋内の常に漏れず、この部屋も石油ストーブでがんがん暖房されているので、まったく寒いということはない。ただあの足からくるこたつのぬくみも恋しかった。どうも、北海道の人はあんまりこたつを使わない……気がする。

鳩時計の下にかけられたカレンダーには今日の日付に赤丸がついて、観楓会《かんぷう》、と書き込みがある。

オーナーの熊野は、今日から町内会の友人たちと観楓会で定山渓《じょうざんけい》温泉だ。

ちなみに観楓会とは字のごとく、紅葉の季節に行われる会合で、主に温泉宿に泊まりがけで行って宴会をすることを指す。元々先月の予定だったのが、都合が合わずずれ込んだらしい。もう十一月だから定山渓の紅葉の季節は過ぎていたが、まあ、元々紅葉を見るより宴会をするのが目的らしいから、問題はないだろう。

やがて、返してもらう本をぱらぱらめくったり、ぼんやり厨房の音に耳を澄ませたりするうちに、千春はちゃぶ台に頬杖《ほおづえ》をついてうとうとし始め——すぐに頭ががくんとずれてしまったので、腕を枕にして、ちゃぶ台に突っ伏して寝てしまった。

次に気付いたのは、人の気配を感じた時だ。

「ん……」

ユウが来たのかと思って顔を上げる。

この休憩室には出入り口が二つあって、廊下と店の厨房にそれぞれ出られる。廊下からは店舗にも出られるし、居住スペースである二階の階段や玄関に出ることもできる。

だが、厨房側の戸口を見上げても、誰もいない。

振り返ると、廊下に出られる引き戸を開けて、女性が一人、こちらを向いて立っていた。

三輪の教え子である土田若菜だ、と理解するのに、寝ぼけた頭では数秒かかった。

「あっ、あれ？」

「ああ、小鹿さん。寝てました？」

彼女の後ろからひょいとユウが現れて、そう聞いてきた。彼は、千春が若菜とユウを見比べて驚いた様子であることに気付いて、説明してくれた。

「ちょっと、注文悩んでしまったみたいで。お時間かかりそうなので、こちらでゆっくり考えていただこうかと」

「あ、そうなんですか……」

若菜が本当に戻ってくるとは、しかもその日のうちに戻ってくるとは思っていなかった千春は、そのくらいのことしか言えない。

「じゃあ、のちほどまた来ますので。その前にご注文お決まりでしたら厨房まで声をかけていただけますか？」

若菜は——若菜も千春同様、どこか呆然《ぼうぜん》とした顔をしていた。ことの成り行きに理解が追いついていない顔だ。ユウは優男に見えて、結構、強引なところがある。

「では失礼します」

そう言って、ユウはさっさと厨房に戻ってしまう。

残されたのは千春と、まだ突っ立ったままの若菜だ。とりあえず千春は若菜に座布団を勧めた。

どうも、という小さな声が聞こえた。若菜は千春とはろくに視線を合わせないまま、座布団に座って、手にしたくま弁のメニューに視線を落とした。

注文に悩んでしまった、とユウは説明していた。

三輪と喧嘩《けんか》別れのようになって、また店に来るのも気まずかっただろうが、それでもこうしてほんの三十分くらいのちに再来店した。それは、よほどあの玉子焼きが美味しかったからだろうか。

でも、注文が決まらないのはどういうわけだろうか。どれでもよくて、選べないのか？

それとも何か――。

「あ」

千春は若菜が手にしたメニューを見て、なんとなく理由を察した。

定番もの、季節もの、どちらにも売り切れシールが貼られた弁当がある。

「食べたいの、売り切れてました？」

千春が声をかけると、若菜は驚いて顔を上げ、おずおずと頷《うなず》いた。

「そうですよね、売り切れ多いんですよね、この時間。あ、でも鮭海苔《のり》弁当まだある！これもオススメですよ。ちくわの磯辺揚げがもちもちで美味しいです」

若菜が千春に言われてメニューの鮭海苔弁当のところを見た――が、首を横に振る。

「あとは……おっ、鰆のあんかけ弁当はさっき食べましたけど、思ってたよりボリュームあってよかったですよ。鱈って淡泊かなーと思ったんですけど、あんが絡んで……歯ごたえのある野菜もいっぱい入っていたから、食べ応《ごた》えありましたね」

今度は若菜は鱈のあんかけ弁当の写真を見やった——が、やはり表情は硬いまま、食いついてこない。メニューを持つ親指で、売り切れシールをなぞっている。別にそうしてシールが剝《は》がれたって、売り切れているのは変わらないのだが。

彼女がいじっているのは、カレー弁当の上に貼られたシールだった。

「カレーが食べたかったんですか？」

そこでまた、若菜はちらっと千春を見て頷いた。

でも、もうない。

「うーん。他に食べたいものって何かないですか？　あ、メニューになくてもいいんですけど。試しに。オススメするのにも方向性を把握したいので……」

「……カレーがないなら……ロコモコとか……何か、そういうの」

ロコモコはハンバーグをごはんに載せてデミグラスソースをかけて目玉焼きを添えた、ハワイ発祥の料理だ。

ロコモコという名称ではないしデミグラスソースでもないが、くま弁にもテリヤキハンバーグ丼という弁当が存在する。もしそれがあれば完璧《かんぺき》だったのだが、あいにく定番メニューではないので、今日はメニューにない。

「う～ん。丼《どんぶり》……というか、ごはんものがいいんですかね。カツ丼とかは？」

「…………」

好きではないらしく、若菜は首を横に振った。

若菜は諦《あきら》めたのか、メニューをちゃぶ台に置いて、溜《た》め息《いき》を漏らす。

千春の場合は食べたいものがありすぎてなかなか選べないのだが、彼女は逆だ。食べたいものがなくて選べないのだ。偏食なのか、気分が乗らないのかわからないが、千春からすると、可哀想に見えてしまう。

「……じゃあ、ユウさんに頼んで、何か、ごはんもの作ってもらいましょうか。何になるかはわからないですけど、たぶんユウさんなら美味《おい》しいの作ってくれますよ。玉子焼きは、別添えの方がいいですよね、ごはんものになるなら……」

ちら、と若菜は千春を見て、やはり小さな声で言った。

「……玉子焼きもいらない」

「入れなくていいんですか？」

「うん……」

あんなに目を輝かせて玉子焼きを食べていたのが、三十分ほど前のことだ。あれが食べたかったから、もう一度来店したわけではなかったのか？　驚く千春がまじまじと見つめていると、若菜は居心地悪そうに呟いた。

「……もう、いい。玉子焼きは、美味しかったけど、でも……よく考えたら……」

よく考えたら、いらなくなったのか？　千春は言葉を待ったが、若菜は結局その続きを口にせず、俯《うつむ》いた。

「……じゃあ、ユウさんに伝えてきますね」

千春がそう言って立ち上がった時、彼女はぼそっと呟《つぶや》いた。

「……太れるかな……」

千春は思わず若菜を見つめる。若菜が痩《や》せているのは確かだが、そんな勝手な彼氏の発言で体重を増減させるのが健康的とも思えない。三輪の心配もよくわかった。

「あの……」

「？」

千春は彼女の隣に座り直して、目を合わせて尋ねた。

「カレーとロコモコがお好きなんですか？」

「……………普通」

「普通……」

「ただ、食べやすいかなって」

若菜はもしかすると食に対する興味が薄い方なのかもしれない。千春だって今でこそ食べることを大事にするようになったが、以前は作業をしたり読書をしたり、スマートフォンをいじったりしながら、適当なものを食べていた。そもそも興味がなければ、食べやすさが優先されるのも仕方ないかもしれない。くま弁のファンとしてはもったいないなとは思うが、いろいろな価値観の人がいる。

「……あの、せめて、好きなものにしたらどうでしょう？」

「？」

「太りたいならある程度量食べないといけないですけど、好きなものの方が、たくさん食べられると思うんですよね」

「好きなもの……」

どうやら本当に好きなものがないのか、若菜は口を噤《つぐ》んでしまった。

「あ、いや、ないならいいですよ。じゃあ、ユウさんにロコモコっぽいもの作れないか聞いてみますね」

若菜は何か言いたげに千春を見上げた。しばらく待っていると、彼女は小さな声で言った。

「……ありがとう、ございます」

「どういたしまして」

思いのほか素直なお礼の言葉に、千春は微笑んで答えた。

❄

「というわけなんですよ」

千春は厨房《ちゅうぼう》にいたユウに若菜の要望を伝えた。ごはんものが好きらしいが、カツ丼は駄目、ロコモコっぽいものが作れたらそれがいい、玉子焼きもいらない……。

「なるほど。カツ丼は駄目……玉子焼きもいらない、と」

「みたいです」

ちょうど店内に他に客はいない。ユウは腕を組んで考え込み、カウンター上のメニューを確認した。

「天丼もまだあるんですが、天丼も駄目なんですね？」

「聞いていませんけど、メニューはよく見ていたから、そうなんだと思いますよ」

千春は同じくメニューを見ながら、若菜の要望を頭の中で整理してみた。

カツ丼、天丼は駄目。カレー、ロコモコ希望。

「……どういう好みなんだろう……」

千春は思わず呟いた。

「ロコモコやカレーも好きってわけではないみたいなんです。食べやすいからって言ってました」

「食べやすい、ですか」

ユウは考え込みながら語った。

「食べやすいことを重要視される方もいらっしゃいますよ。車内で食べるとか、片手で食べられる方がいいとか。お弁当ですからね、お客様によって食べる場所や状況は変わってきます」

「ははあ、なるほど、確かに……」

「それでは、お作りしますのでもう少しお待ちくださいと伝えていただけますか？」

「いいですよ」

「すみません、千春さんお客さんとして来てくれたのに、こき使って」

「いいんですよ！　居心地良くてだらだらしてただけですし」

「あ、千春さん」

呼び止められて、千春は振り返る。

ユウは千春に笑いかける。

「ありがとうございます」

「いえいえ」

つられて千春もにこにこ笑って、夜も遅い時間で疲れはあったが、なんだかほのぼのとした雰囲気になった。

弁当を待つ間、千春はくま弁の弁当についてあれこれと語った。弁当の基本となるごはんの美味しさに始まり、季節の食材を使ったおかず、栄養バランスへの配慮、ユウの優しさ、などなど……。

これから食べるものに、期待と言わないまでも、せめて興味を持ってほしかったのだ。

だが、のれんに腕押し、糠《ぬか》に釘《くぎ》。若菜は相槌《あいづち》もろくに打たず、むしろ千春の熱意に戸惑った様子だ。

　じっと顔を見つめられ、千春は小首を傾げた。

するると、若菜は促されたと取ったのか、おずおずと口を開いた。

「あの……聞いてもいい？」

「なんでしょう？」

「どうして、ここにいるの？　従業員？」

「いや、私は客ですけど、ユウさん……店長さんから本返してもらって……あれ、本は返してもらったんだった。だから……ここにいる理由は特にないですねえ」

　千春の答えを聞くと、若菜はあきれ顔で千春を見つめた。

「ないの？　なくていいの？」

　そう言われると自分が間違っているような気がしてくるが、今の説明を聞いて理解しろという方が無理なのは自分でもわかっていたので、千春は反論ができない。

　彼女はなおも千春の方をじろじろ見て、ちゃぶ台の上に置かれたレジ袋に気付いた様子だった。

「それ、もう食べたの？」

　レジ袋の中は弁当の容器と割り箸《ばし》で、中身は指摘通り千春のおなかの中だ。

「ここで食べたの？」

「？　はい……」

ここは従業員の休憩室で、本来は客が弁当を食べる場所ではない。だから、誰も彼もがここで食べたらたぶん届け出的な意味で問題があると思う。千春の場合は店長ともオーナーとも知人だし、友人の家でちょっと休ませてもらうとか、駄菓子屋の片隅にある小上がりで駄菓子を食べていくとか、そういうような感覚だ——が、改めて確認されると、まずかったかな、という気持ちになる。

「…………」

若菜は特に批判めいたことを言うでもなく、何か考え込み、また黙っている。

待つこと十五分程度だろうか。厨房に通じる戸口からユウがひょっこり顔を出し、レジ袋に入ったお弁当を持ってきてくれた。

「お待たせいたしました。お弁当お持ちしました。中身ご確認なさいますか？」

若菜はこくりと頷《うなず》く。千春が散々くま弁の良さについて語ったにも拘《かか》わらず、その顔には相変わらず喜びも期待も興味も見えない。

ユウは袋から弁当を出して、蓋《ふた》を開けて見せた。

だが、中身を見て、若菜は表情を変えた。

ゆっくりと、またたきを一つ。

彼女の目に最初に飛び込んで来たのは、黄色い卵。

それは玉子焼きではなく、オムライスだ。

「…………」

千春と若菜は揃ってオムライスを見つめた。

オムライスは、醤油《しょうゆ》が入った玉子焼きよりも鮮やかな濃い黄色をしていた。ほかほかと湯気を立てるできたてのオムライスの上にはすでにトマトケチャップがかかっており、ブロッコリーやミニトマトを玉ねぎ入りのドレッシングで和《あ》えたサラダとウィンナーソーセージが添えられている。ソーセージはソテーされ、切り口がぷりっと反っている。

「オムライス弁当です」

ユウが見たままの説明をした。

あれだけ好みが激しい若菜が、果たしてこれを受け入れてくれるのかどうか、千春は不安になって様子を窺《うかが》った――が、若菜はじっと見つめるだけで、特に不満そうな様子は見せない。

しばらくオムライスを見つめて、若菜はもじもじしていた。文句があるようには見えなかったが、言いたいことはありそうだ。しばらくして、彼女は言いにくそうにユウに頼んだ。

「ここで食べていってもいい?」

「いいですよ。お茶淹《い》れましょうか」

「いらない、オムライスだし……」

「じゃあ、お水ご用意しますよ」

そう言うと、ユウは和室の奥にあるミニキッチンへ行き、ミネラルウォーターのボトルとコップを用意して戻ってきた。

若菜は小さな声で礼を言い、スプーンを袋から取り出すと、いただきますも言わずに目の前のオムライスに突き立てた。

スプーンですくいあげた卵が、ゆらりと揺れる。卵は表面こそ固まっているが、中身はふわふわのとろとろだ。ゆらゆら揺れ動き、垂れて崩れた卵がごはんと絡まる。ごはんは一般的なケチャップ味のチキンライスのようで、鶏肉の他にはグリーンピースが見えた。たぶん、カレー弁当用のやや硬めにぱらっと炊き上げたごはんだ。卵が絡まってもべちゃべちゃになることはなく、卵とケチャップと一緒になることで、オムライスとして完成する……。

若菜はすくいあげたオムライスを口に運び、ゆっくりと咀嚼《そしやく》する。どこか不安そうだったその表情が、ふと安堵《あんど》したように緩む。千春の方もほっとする。その後は、ガツガツと平らげていく。あんまりお行儀はよくないが、よほどおなかが空《す》いていたのだろう。

だが、彼女は見られていることに気付いたらしく、はっとした顔で千春とユウを見た。

千春は申し訳なくなって言い訳した。

「あっ、ごめんなさい。美味《おい》しそうだったから……」

千春の発言に、ユウは苦笑している。

「小鹿さん、食べましたよね、お弁当」

「それはそうなんですけど、オムライスって別腹的なとこあるじゃないですか」

ユウは眉《まゆ》をひそめて、訝《いぶか》しげに口の中で繰り返した。

「オムライスが……別腹……？」

「それはそうと、オムライス弁当ってメニューにはないですよね」

「ああ、はい。半熟卵にすると、どうしても早めに食べていただくことになりますので」

千春は固めの卵でかっちり巻いたオムライスも好きだが、勿論《もちろん》ふわとろ系のオムライスも大好きだ。今度作ってもらいたいなあと密《ひそ》かに考え、心の備忘録に書き付けておく。

ふとコップがちゃぶ台に置かれる音に気付いて若菜を見ると、彼女はすでにオムライス弁当を平らげていた。もじもじと、お手拭《てふ》きをいじっている。

「あの……」

「はい」

「また来てもいい？」

「いいですよ、勿論。お待ちしております」

「ありがとう……」

若菜は口数が少ないが、結構ちゃんとお礼を言う。してもらったことに、感謝の気持ちを返したいという思いがある。舌足らずでも、懸命な感じが伝わってきて、千春は彼女を良い子だなと思った。

千春は若菜が出ていくのをユウと一緒に見送った。時刻は二十二時を回り、人通りも少なくなって、ビルの灯《あか》りもいくらか減った。夜は更けて、来店した時とは月の位置も変わってしまったと気付く。

「あ、長居しちゃいましたね」

「いいんですよ、でもお構いできなくてすみません」

「いえいえ、なんか居心地よくて……」

千春が笑って言うと、ユウも微笑んでくれた。

「そういえば、どうしてオムライス弁当にしたんですか？　幸い、気に入ってくれましたけど、あれだけ好き嫌いが激しいと、うまく好みに合うか心配じゃありませんでした？」

ユウは軽く目を瞠《みは》って千春を見つめ、それから相好を崩した。

「そりゃ、当てずっぽうではありませんから」

「えっ、あ、何か根拠があった……んですか？」

「ある程度は……ああ、しかし説明は難しいですね、僕の口からはちょっと言いにくいです。一つ言えるのは、オムライスの方が、土田様に負担がないかなと思いました」

店内へ戻りながら、ユウはそう語った。

「というのは、土田様はそもそも食べ物への興味が薄く見えましたので、せめて食べやすく……抵抗をできるだけなくそうと。それに、玉子焼き、美味しそうに召し上がってたので、せめて卵料理をと思いまして」

「食べやすくて、卵料理だから、オムライス弁当だったんですか？」

ユウは微笑むだけだ。彼は客のことを色々推察して、本当に欲しいものを食べさせてくれる。彼が明確な説明を避けているのは、客の個人的な問題に関わるからだろう。千春は無理に聞き出すのはやめた。

(でも、なんだったのかなあ、あの子の条件)

不意に、ユウがそっと身を寄せて、小声で話しかけてきた。

「もしかして、今日はお店終わるの待っててくれたんですか？」

言われて千春はドキッとした。千春が来店したのは二十一時頃で、くま弁の閉店時間は二十五時だから、まだまだ三時間近くあった。それを待つつもりだったなんて言ってしまうと、気持ちが重いと受け取られかねないかと気になったのだ。

「いやあ……その、後片付け手伝いながら、お話しできるかなと……」

千春だって掃除くらいはできる。忙しく働くユウの負担にはなりたくないが、話はしたい、会いたい……と思った千春は、片付けを手伝っている間くらいは二人でいられると期待したのだ。

「すみません、いや、なんていうかですね……明日《あした》は私も休みだし、邪魔にならない程度に、お手伝いしてですね……」

だが、しどろもどろで言い訳する千春を見つめて、ユウはあんまり関係なさそうなことを言った。

「昨日、いくらの醤油漬け作ったんですよ。このシーズンはもう最後じゃないかなと思うんですけど」

「ああ〜、美味しかったですねえ、前に朝食でいただいて」

「明日お休みですよね？　よかったら、また朝ごはん食べていきませんか？」

「あ、いいんですか⁉」

脊髄《せきずい》反射で切り返し、千春ははっと息を呑《の》む。

「朝ごはん……」

朝食を食べるということは泊まっていくことになるだろう。家を行き来したり、千春の部屋に来てもらったりということはあったが、ここで泊めてもらうのは付き合いだしてからは初めてだ。

そうなると実際的なところが千春は突然気にかかった。

「あー……待ってください、その……」

「？」

「着替えとか、諸々が……」

「待ってますよ、どうせ僕まだ仕事ですし」

「はい……あと、あの、ユウさんも明日休みですよね？」

「そうですよ」

千春はぱっと目を輝かせた。

「じゃあ、オススメの映画のＤＶＤ持ってきていいですか？」

「……いいですよ」

返答に一瞬の間があったが、ユウは嫌な顔をせずに言った。

「できれば、『インファナル・アフェア』三部作とか、完全版の『アラビアのロレンス』とかは避けて欲しいんですが……いや、僕も好きですが」

どちらも千春が好きだと公言している映画だが、確かにその辺を持ってきてしまったが最後、徹夜コースになりかねない。

「いくら私だってそこまではしませんよう……」

千春はそう言ったが、ユウからは疑わしげな目で見られてしまった。

❄

「ありがとう、小鹿さん」

三輪に深々と頭を下げられて、千春は慌てて自分より随分年上の彼女に頭を上げさせた。

「や、やめてくださいよ。そんな、頭下げられるようなことはしてないです……」

翌日心配そうな顔で三輪が来店したので、ちょうど居合わせた千春が若菜のことを教えたのだ。怒って出て行った若菜が、三十分くらいで戻ってきて弁当を注文し、美味《おい》しそうに平らげたことを知らされた三輪は、心から安堵《あんど》したようだった。

「……そんなに心配されてたんですか」

「うん……そうね、色々気になっちゃう子で……放っておけないのよね。でも、私は避けられることも多くて。まあ、私がほら、あんなふうに頭ごなしに言っちゃうのがいけないんだろうけど。栄養失調で倒れたこともあったし、卒業してからも気になっていて……だから、ありがとう。気にかけてくれて」

「いえ……そんなたいしたことないですよ……」

たまたま居合わせたから、好きな店の好きな弁当を紹介してみただけだ。

「良い子っぽいですよね、土田さん」

千春がそう言うと、三輪は、そうなのよねえとしみじみ頷《うなず》いた。

それから、若菜は週に何度かくま弁を訪れるようになった。

最初のうち、注文はカレー弁当かテリヤキハンバーグ丼に限られていたが、徐々に他のものも頼むようになった。おにぎりの日もあったし、中華丼の日もあった。

そして時々、店の休憩室で食べていく。

何しろ若菜も若い女性だし、若菜や千春が気にしなくてもユウが気にするので、千春はそういう場面に出くわした時はできるだけ一緒に食べていく。何度かそうするうち、むしろ若菜の方が店で食べたい時は千春がいる時間帯に合わせてくれるようになった。

その日も若菜は中華丼をスプーンで食べながら、言った。

「だって付き合ってるんでしょ、千春さんとユウ君って」

「あー……まあね、そうだけど」

若菜は打ち解けてくると、千春を千春さんと呼ぶようになった。ユウがユウ君呼びなのはたぶん三輪や他の常連たちの影響だ。

「わかる？」

「わかるよ」

「というか、私と付き合ってるとか関係なく、ユウさん、店の奥に女の人が一人でいる状況を避けたいと思ってるんじゃないかな」

「それ、アタシが襲われたーとか言ってユウ君訴えるって話？」

「そうじゃないよ。勝手に邪推して変なこと言う人はいるし、店の評判もあるにしても、主に若菜ちゃんの評判のためでしょ」

「……そんな大層なもんじゃないよ、アタシの評判なんて」

「若い子がそんなこと言わないの」

「今のおばさんっぽい」

なんだって、と思ったが、考えてみたらその通りだったので反論はできなかった。

「若菜ちゃんは、なんでここで食べていくことあるの？　いっつもではないよね」

「……彼氏がいるから」

「ん？」

千春は聞き返し、ざくっとメンチカツに齧《かじ》り付いた。くま弁のメンチカツはジューシーで、齧り付いた途端肉汁と野菜のうまみが溢《あふ》れるが、脂っこくはない。脂が少なめで、代わりに野菜をたっぷり入れているせいだ。粗目のパン粉のざくざくとした食感も合わさって、豪快に大きな口を開けて齧り付きたくなる。

「彼氏がいる時は部屋で食べたくないからここで食べていくの」

千春は口いっぱいに頬張った、ざくざくとした揚げ衣とソースと肉と野菜をごくりと飲み下してから尋ねた。

「なんで？」

「食べ方が汚いって、うるさいから」

確かに若菜の食べ方は綺麗《きれい》というわけではない。スプーンから零《こぼ》したり、弁当箱の隅に残ったおかずを食べにくそうにしていたり。とはいえ口を開けて咀嚼《そしゃく》したりくちゃくちゃ音を立てたりしないから、千春は一緒に食べていて不快ということもないが。

「彼、食べ方綺麗なの？」

「別に、そうでもない。くちゃくちゃ音立ててうるさいし」

「……………」

千春がちょっと苦手なタイプだ。

「……彼のために体重増やしてるんだよね？」

「んー」

若菜はもぐもぐと口を動かし、飲み込んでから答えた。

「今は、割と、食べたいから食べてるって感じかも」

いい傾向だなと思ったが、口にすると偉そうに聞こえる気がしたので、千春はふーんと適当な相槌《あいづち》を打つに留《とど》めた。

「初めて店に来た時、若菜ちゃんすっごい痩《や》せてたよね。いや、今も細いとは思うけど」

「あの頃ね、あんまり食べてなかったし」

「あんまりって、何食べてたの？」

「お菓子とか適当に。あと食べて菓子パンとか」

「………」

「びっくりした？」

「まあ……びっくりというか……え、それって、彼氏に痩せろって言われたから？」

「それもあるけど、元々、食べるって、好きじゃなかったから」

食べるのが好きじゃない。

確かにあの当時の若菜は、食べることを避けているんじゃないかというくらい痩せていた。

「友達にはさ、食べては吐いちゃう子もいるし、食べるって、別にいいこととは限らないんだよ。人によるよ。アタシは苦手なタイプ」

「………」

「どうしたのさ、黙って。食べてもいないし」

「えっ、ああ……なんか私は今まであんまりそういうこと意識していなかったなあって。私は、食べるの好きだったから……いや、でも、ちょっと苦手な時期はあったかな」

千春はくま弁に初めて来た時のことを思い出していた。

「あんまり余計なこと考えたくなくて、でもごはん食べてるだけだとどうしても考えちゃうから、いつも何かしながら食べてた。スマホいじるとか、何か読むとか、作業するとか」

「ふうん。アタシ家で食べる時はだいたい何かしながらだよ。なんか無駄な感じするから。あー、でもそのせいかな、一人で食べるより千春さんと食べる方が味がする」

「そっか」

そう言ってもらえるのは嬉《うれ》しいが、無駄という言い方は千春も寂しくなってしまった。

「若菜ちゃんは、何か理由とかきっかけとかあったの？　食べるのが苦手って」

「………」

「あっ、ごめん、いやだったらいいよ、気軽に聞いちゃって……」

「別にいいけど」

答えて、若菜はしばらく中華丼のウズラの卵をプラスチックのスプーンでつついていた。

「あのさあ、千春さんが育ったおうちと、アタシが育ったおうちは違うんだよ」

「え？」

「ごはん食べる時にさ、親の気分で殴られないかってびくびくしたり、少しでも早く終わらせたくて急いで飲み込んだり、そういうの、なかったでしょ？」

千春は呆然《ぼうぜん》として、何も言えなかった。確かに千春が育った家庭はそんなことはなかった。食事は普通に楽しいものだったし、家族との会話だって穏やかなものだった。それを当たり前のものとして甘受していた。

でも、そうじゃない場合だって勿論《もちろん》ある。

「アタシ、最近やっとね、自分んちみたいなおうちばっかりじゃないってわかったの」

若菜の言い方は淡々としていて、別に恨みがましいとかいうこともない。聞いている千春は、口の中が渇く。胸がきゅうっと締め付けられる。おうち、という言い方のあどけなさに息が詰まる。

「千春さん見てるとわかるよ。もっと……なんていうかな、アタシとは違うおうちで育ったんだって。そういう人は、こんなふうにゆっくり、美味しそうに食べるんだろうなって。だから千春さんはこんなふうにゆったりしてて、幸せそうなんだろうなあって」

若菜は屈託がなく、少しの憧《あこが》れを込めて、いや、それと同じくらいの寂しさとか悲しみも込めてそう語る。

「だからね、彼に痩せてた方が可愛いって言われて、なら食べなきゃいいんだって思ったの。どうせ、彼と食べても色々言われるし。食べ方汚くてきもいとか……色々。アタシのお金で買ったり出前取ったりしても、おまえは食べなくていいって言われることあったし。それなら食べなきゃ楽だなあって。でも正直痩せたら風邪は引きやすくなるしすぐ疲れるし、あんまりいいことなかったな」

ふふ、と自分の言葉に笑う。

「食べるようになった方が、いいことあった。前より元気になったし、千春さんと食べるのは、結構楽しい」

若菜の笑顔はあどけなく、肩の力が抜けて、可愛らしかった。

……堪《こら》えていたのに、千春の目から涙が零《こぼ》れた。

それを見て、若菜は心底びっくりした様子で、動転して、何故か腰を浮かせた。

「えっ、何、どうしたの、ユウ君呼ぶ？」

「ううん、大丈夫、そうじゃないの……」

千春は涙を拭《ふ》いて、若菜を安心させるために笑いかけた。

「いつでも一緒に食べるよ、私でよければ」

「うん……」

若菜は戸惑った様子だ。

店に初めて来た時は口数少なく、つっけんどんな態度にも見えたが、それはたぶん警戒心の表れだ。彼女は素直な人間で、自分の置かれた状況を普通だと思ってきた。人によって普通の形は違っていて、それは当たり前なのだが、これまでと違う日常を生きることだってできるのだと、若菜は気付いていないように見えた。

千春は一歩、踏み込んだ。

「……彼氏のこと、聞いてもいい？　その人さ、本当に若菜ちゃんのこと考えてるのかな」

「考えてるよ。アタシが痩せて体調崩して、きっと心配したんだよ」

「でもさ、勝手すぎない？　若菜ちゃんは、今度彼にやっぱり痩せてる方がいいって言われたらどうするの？　食べるのやめるの？　もうここには来なくなるの？」

若菜は少し苛立《いらだ》った様子で、髪の毛を撫《な》でている。苛立って見えるが、それが気持ちを落ち着かせようとする時の、不安な時の彼女の癖だった。

「そんなのわかんないよ。でも、アタシのこと考えてのことだから、アタシが食べるのやめないって言ったら、わかってくれるよ」

自分の髪を繰り返し撫でる彼女は、大人に頭を撫でてもらいたがる子どものようにも見えた。

突然、彼女の姿が数年前の自分に重なった——傷ついて、打ちひしがれて、その感情も傷も、どこにも吐き出せず消化不良のままため込んでいた自分。彼に二股《ふたまた》をかけられて、転勤になって、すべてから離れ、断絶していた少し若い自分。

彼女を見ていると、どうしても言わずにはいられなかった。

「私は、若菜ちゃんが好きだよ。若菜ちゃんに幸せになって欲しいよ。だからさ、言うんだ。その人、若菜ちゃんのこと本当に大切に思ってるのかな？」

「！」

若菜が立ち上がった。顔が赤い。怒っているのだ。

「何も知らないくせに！　たっくんは誤解されること多いけど、いい人だもん！　アタシにだって優しいし、前にラーメン作ってくれたこともあるもん！」

「でも気まぐれに若菜ちゃん振り回してる。優しいことがあっても、若菜ちゃんを心から大事にしてるとは限らないんだよ」

「でもたっくんは……！」

そのとき、厨房《ちゅうぼう》に通じる引き戸を開けて、ユウが姿を見せた。大きな声が店まで聞こえていたのか、驚いた様子だった。

「どうされました？」

ユウの問いかけに被《かぶ》って、電子音が鳴り響いた。若菜のスマートフォンが鳴っていた。

「もしもし」

若菜が声のトーンを落として電話に出る。ちらっと見えた液晶画面には、『たっくん』という着信表示があった。若菜の彼は結構頻繁に電話をかけてくるので、くま弁にいる時にかかってきたのもこれが最初ではない。

「もう帰るから……えっ、今？」

若菜は千春をちらちら気にしながらも電話を続ける。

「今お弁当屋さんだよ。前にたっくんが言ったでしょ、太れって。それで……あ、待って」

若菜は挑戦的な目で千春を見て、スマートフォンをスピーカーモードにした。

『なんだよー』

「たっくんアタシのこと好きだよね？　アタシ、たっくんが言ったからちゃんとごはん食べてるんだよ。だから今お弁当屋さんにいてね……」

若い男性の声がスマートフォンから聞こえてくる。

『そういうのどうでもいいから、早く帰って来いよ。風呂《ふろ》洗ってねえし』

「あの、だから、アタシのこと……」

『っていうかおまえ飯食う金あるなら遊ぼうって〜。いいじゃん、今までそんな食ってなかったんだから、おまえ食べなくても平気なんじゃねえの』

言葉を理解すると同時に、千春は頭の中が真っ白になった——怒りで。『たっくん』の軽薄な笑い声が、その怒りに染まった頭に響く。家族の食卓について語る若菜を、オムライスを食べて目を輝かせる若菜を思い、怒りが文字通り、爆発する。

笑い声が漏れるスマートフォンを、千春は若菜からひったくった。

「もしもし、お電話替わりました！」

『は？　誰？』

「若菜ちゃんの友達です！」

「スマートフォン越しに嘲《あざけ》るような笑い声が聞こえ、耳の奥からぞわぞわと鳥肌が立つ。

髪の毛が逆立つようだ。千春は腹の底まで溜《た》まるよう息を吸い、見えない相手に声を叩《たた》き付けた。

「食べないで平気な人間はいません‼」

相手が反論する前に、千春は通話を切って若菜にスマートフォンを返した。

「ごめん……」

まだ興奮で声を震わせながらも、千春は勝手を詫《わ》びた。

若菜は呆然とスマートフォンを見つめている。

「あの、他に言いたいことはあったんだけど、咄嗟《とっさ》にあれしか出てこなくて。その……」

千春の言い訳を、若菜は黙って聞いている。いや、本当は聞いていないのかもしれないが、よくわからない。そのうちに彼女の目が潤んで、つうっと涙が頬を伝い落ちた。

見る間に彼女の顔は崩れていく。

「う……っ、ひっ……」

嗚咽《おえつ》を漏らしたかと思うと、

「うわあああああ！」

彼女は大声で泣き始めた。

「あっ、あの……」

千春が声をかける前に、彼女は顔を覆って廊下へ駆け出し、そのまま店舗側へ出て、さらに自動ドアを開けて店の外へ行ってしまった。

千春は追いかけるが、自動ドアを開けて外に出てすぐに見失ってしまう。

三輪から逃げた時と同じで、若菜の足は速かった。

「ああ、もう……！」

三輪と同じ失敗をしてしまった。千春は自分の髪をぐしゃぐしゃとかき乱した。

「千春さん」

ユウが心配そうだ。

「すみません、騒いでしまって……私が若菜ちゃんを煽《あお》ってしまったんです。それでたぶん、愛されてるって証明したくて……」

今になって冷静に考えると余計なことを言って若菜を傷つける結果を招いたのは、千春の親切心なんかではなく、傲慢《ごうまん》さだったのではないだろうか。若菜が自分で結論を出すべきことに首を突っ込んでしまったような気がする。ただ千春も昔付き合っていた男性に二股をかけられた経験があり、それを思い出すと、とにかく一分一秒でも早くそんな男とは別れた方がいいというふうに思って、焦ってしまった。

三輪もこんな気持ちだったのかもしれない。

「本人の選択ですよ」

千春はユウからそう言われて彼を振り返った。

ユウも店の外に出てきて、若菜が走り去った方を眺めて呟《つぶや》いた。

「こういうことは、周りがいくら言っても、本人に自分を大事にする気持ちがないと変わりません」

「本人に……」

会話する千春とユウの息は白く凍って混じり合う。外に出てすぐは若菜を追いかけようと走ったせいで息が上がっていたが、呼吸が落ち着くにつれて寒さが服の下に入り込んでくるのを感じる……何しろ、コートも着ずに追いかけたのだ。

夜の冷気がひと呼吸ごとに肺腑《はいふ》を満たす。

千春はそれでも屋内に戻る気になれず、身体を抱いて立ち尽くす。ユウがその冷えた手にまだ温かい手を重ねてくれた。

「自分を大事にしきれていないから、ああいう人を選んでしまうんです」

「いや……でも、別に若菜ちゃんが悪いわけじゃないですよ」

「今回別れても、たぶんまた同じような人を選ぶんじゃないでしょうか。まずは欠点を含めて、本人が自分をもっと認めて、受け入れないと」

千春はよくわからなかった。ただ、ユウが珍しく突き放したことを言うので、驚いていた。

「ユウさんは、若菜ちゃんが、自分自身をあんまり好きじゃないって考えてるんですか？」

「そうですね……自分に自信がないというか、そういうふうにはちょっと見えました」

自分に懐いてきた若菜を思い出し、あどけなさの残る笑顔を思い出し、千春はややもやした気持ちになった。ユウの言い方は、若菜に厳しいように思えたのだ。

「……休憩室片付けてきますね」

千春はそう断って休憩室に戻った。若菜が置いて行った中華丼は、まだ半分以上残っていた。それに蓋《ふた》をし直して、捨てることもできず、もし取りに来てくれればと思いながら、レジ袋に戻した。

しかし結局その日若菜はくま弁に戻らなかった。

❄

翌日、十九時頃くま弁を訪れた千春は、そのまま二十一時過ぎまで店の外で三輪を待った。

ユウからは休憩室を使うことを勧められたが、断った。格好付けたのではなくて、若菜と一緒にここ数週間何度も使わせてもらった休憩室に一人でいれば、どうしても後悔が押し寄せてきて潰《つぶ》されてしまう気がしたからだ。

三輪が来た時、ちょうど入れ違いでカレー弁当の客が商品を受け取って帰っていった。

外は気温が下がってきていた。千春はかなり暖かな格好をしてきていたものの、外で待っていては身体を壊すとユウに説得されて、店の中へ入ってパイプ椅子に座らされていたところだった。

「あれ、小鹿さん、元気ない？」

「三輪さんのこと待ってたんです」

千春は昨夜の若菜とのことをざっと話した。若菜が知られたくないかもしれないと考え、彼氏が電話で具体的になんと言ったかは伏せたが、だいたいのところは伝わったと思う。

話を聞くうちに、三輪の表情も曇っていった。

若菜が店を飛び出したところまで話すと、千春は初めて後悔を漏らした。

「私が余計なこと言ったから……」

「ううん、小鹿さん、よくやってくれたよ。本当にありがとう」

むしろ三輪からは怒られるか注意されると思っていたので、千春は驚いた。

「若菜の話を聞いて、一緒にごはん食べてくれたんでしょう？　十分だよ」

「十分とかじゃないです……」

千春は思わずそう呟いていた。

「私は三輪さんみたいに支えようとしたわけじゃなくて、本当に、そうしたかったから一緒にいただけなんです。同じお店のごはんが好きな常連で、同好の士っていうか……。だから、そこに十分とか、十分じゃないとかはないんです」

三輪は驚いた様子で千春を見つめ、眩《まぶ》しそうに目を細めた。

「ありがとう、小鹿さん。若菜の友達になってくれて」

友達――。

思わぬ言葉だった。

学生時代には普通に作っていた『友達』も、社会人になってからはなかなか新たに作れなくなった。

だから、改めてそんなふうに言われると、照れてしまう。

それでも、確かに、友達みたいなものだったのだろう。

「でも、若菜ちゃん、今度こそもう店に来ないかも……」

「逆に、店に来たらどうするつもりなの？」

「え……」

「若菜のこと気にかけてくれて、本当に感謝してる。でも、今の話だと、千春さんとユウ君の前で、彼にひどいこと言われたんでしょう？　私は若菜の家も電話番号も知ってるし、会いたいなら一緒に行って会うこともできると思うけど、小鹿さんが会って、若菜に謝ったりしたら、逆効果じゃないかな……」

教師というだけあって、三輪の話はわかりやすいし、その指摘は尤《もっと》もだと思う。

謝りたいというのは千春の自己満足だということだ。

「私は、若菜ちゃんにこれからもくま弁のお弁当を食べて欲しいんです」

千春は弁当を食べる若菜を思い出しながらそう答えた。

「私と会いたくないなら今度から時間をずらします。でも、若菜ちゃんにはくま弁のお弁当を食べて欲しい。だって、若菜ちゃん、くま弁のお弁当、食べたいから食べてるって言ってたんです。それまでは、食べること、どうでもよさそうな感じで……でも、くま弁のお弁当は違ったんだなって思ったら……」

「私が偉そうに言うのもなんだけど、たとえば少し様子を見て、若菜の方から来るまで待ってあげるのは？」

「……………」

千春もそれは考えた。若菜の気持ちが落ち着くまで待つ方がいいんじゃないかとは。

「考えたんです」

千春はぽつぽつと語った。

「一週間、様子を見るとしますよね。でも、その間、また若菜ちゃんはごはん食べない生活するのかなって。一食抜いたからすぐどうこうってわけじゃないです。でも、ここ何週間も、若菜ちゃんは毎日のようにくま弁のお弁当食べていました。ごはん食べないでいたら、今頃きっとおなか空《す》かせています。おなかを空かせたままだと、元気にもなれません。一週間様子を見たら、若菜ちゃんはたぶん一週間まともに食べませんよ。だって、元からごはん好きじゃないって言ってましたもん。様子を見ても、状況はよくならないんじゃないかって思うんです。若菜ちゃんが食べたくないなら仕方ないけど、でも、本当は食べたいのに私に会いにくくてお弁当買いに来られないのなら、私が若菜ちゃんのところに行って、大丈夫だって言わないと。私は、今様子を見て、彼女のおなかを空かせたままにしておくのは間違っていると思います」

しばらく三輪は黙って考えている様子だった。

彼女は一つ頷《うなず》いた。

「わかった。今から一緒に若菜の家に行ってみよう。いるかどうかわからないけど」

「ありがとうございます」

千春は急いで立ち上がった。

「というわけで、また来るから、今は注文なしで！　ごめんなさい、ユウ君」

三輪は自動ドアを開けて店を出て、千春も後に続いた。

ユウが、千春のことを呼んだ。

「千春さん」

振り返ると、彼はカウンターの向こうから、千春をじっと見つめて言った。

「うちのお弁当だけじゃないですよ。千春さんが、一緒に食べてたから、土田様は……

僕も……」

ユウはふと我に返ったように瞬《まばた》きし、慌てた様子で言い直した。

「すみません、引き留めて――行ってきてください。僕はお待ちしていますから」

ユウの物思いに沈んだような表情に気を取られ、千春も少しぼうっとしていた。

千春は慌てて三輪の後を追った。

若菜の家へ向かう道すがら、三輪は若菜のことを話してくれた。

「若菜は、高校生の頃から家出とか外泊とかを繰り返していたの。親との折り合いが悪くてね。高校出て働き始めると、すぐに実家を出て、今は彼氏のマンションで暮らしている」

彼と会うことになるかもしれないと千春は考えた。冷静でいなくては若菜は彼に味方するかもしれない。

だが、川沿いの道に出たところで、前方からその若菜が歩いてきたのに出くわした。

「あっ……」

と言ったきり、若菜は口を噤《つぐ》む。千春は駆け寄ったが、あまりに急に出会ったので、考えていた言葉がすぐには出てこない。しばらくして、やっと口を開いた。

「勝手なことだってわかってる……でも、くま弁通うの、やめないで欲しいの」

若菜は困惑した様子で、口を噤んでいたが、千春を見て、三輪を見て、訝《いぶか》しげに顔をしかめた。

「あの……どういうこと？」

「だから、私のせいで店通うのやめるのは……」

「いや、だから、やめないけど……今、買いに行くところだったから」

言いにくそうに若菜が言った。

「あっ……そうだったの!? いや、それならよかった。私、今日はなかなか来ないから、てっきり……」

若菜は両手を胸の前で合わせてそわそわと揉《も》んでいる。その手に抱えているのは大きなボストンバッグだ——そういえば、背中にも黒いリュックをしょっている。

あんまりお弁当を買いに行く格好には見えなかったが、何か尋ねる前に、若菜がもじもじしながら話した。

「彼の家、出てきた……」

若菜は呟《つぶや》くと、自分の言葉に少し笑った。

「お店行くのは、ちょっと、迷ってたんだけど。顔合わせにくいのはあったから。でも、おなか空いて……前はおなか空いても、お菓子食べたりしてごまかしてたんだけど。でも、なんだか、ごはんが食べたくて。最近は、ずっとくま弁でお弁当買ってたから、それで、今日も買いたいなって……それに……」

　小さな声で、彼女は付け足した。

「行くとこ、ないし」

「じゃあ、今から行こうよ、みんなで」

　それまで黙っていた三輪がそう言って、笑った。

「私もおなか空いたよ。ね、若菜、いいかな？」

「うん」

　若菜は千春が考えていたよりも明るい表情で頷いた。

❄

「秋の天丼弁当ください！」

「あ、私も天丼弁当ください」

「かしこまりました」

　奇遇にも、三輪も千春も同じ弁当を注文した。

　若菜はどうするのかなと振り返るが、メニューを見て迷っているようだった。

　普段若菜が選ぶ弁当がことごとく売り切れている。いつもより遅い時間の来店になってしまったのが響いている。

「んん……」

呻《うめ》く若菜に、ユウが言った。

「もしよろしければ、今日は僕にサービスさせていただけませんか？」

戸惑いながらも若菜はユウを見上げ、どうせメニューに食べたいものもなかったからだろう、こくりと頷いた。

弁当ができるまで、千春たちはユウに勧められて休憩室で待つことになった。

「荷物、それで全部？」

千春が尋ねると、若菜は首を振った。

「ううん……まだあるんだけど、全部は無理だから、必要なものと、捨てられたくないものだけ持ってきた」

大好きなマンガを諦《あきら》めて置いてきたことを、若菜はひどく悲しんでいる。

「落ち着く先決まったら、引き取りに来るとは言ったけど。たぶん、取っておいてくれないんじゃないかなあ……？」

「じゃあ、結局別れたの？」

「うーん……」

少し言葉を濁してから、若菜は答えた。

「まあ、話し合い中みたいな感じ？　たっくんは案外粘ってきた」

そうなのか……と千春は少し意外に思う。

「アタシは、なんか、気持ちが切れた」

ぽつりと呟く若菜の目は、深い淵《ふち》でも覗《のぞ》き込んでいるみたいに見えた。

なんと声をかけるべきかわからず、千春も黙ってしまった。

そうしてしばらく沈黙し合って、不意に目が合った時、若菜はおかしそうに笑った。

「変な顔してる、千春さん」

「えっ、あ……そう？」

「すっごい難しい顔。いいよ、別に千春さんのせいじゃない。アタシはむしろ、よかったって思ったよ。昨日は逃げちゃったけど。アタシはだいたいいつも逃げちゃうんだけど。駄目だよね」

「駄目とかじゃないよ！」

千春は我知らず大きな声を上げ、若菜を驚かせた。

「いや、だって、若菜ちゃん、彼にあんな……普通、ショックだよ。悲しいよ。逃げたくなるよ。普通でしょ、それ。っていうか私も結構ひどい男と付き合ったことあったけど、その時、やっぱり逃げちゃったもん。若菜ちゃんより年上の大人なのに。いっそのこと一発ぶん殴れば良かったんだろうけど、できなかった。たぶん、彼からだけじゃなくて……自分の感情からも、逃げてたんだと思う。悲しいとか、悔しいとか、そういう気持ちからも。辛《つら》すぎて、向き合えなくて……そのまま北海道まで来て……」

当時を思い出しても以前ほど胸が締め付けられるような、乾いたような気持ちにはならない。それを経て今があるとわかっているからだ。

「流されたみたいにして来たけど、私はここでくま弁とユウさんと、みんなと出会えた。それって、すごくラッキーだった。だから、私はこの幸運をちゃんと摑《つか》むんだ。今度は逃げない。だから、何が言いたいかっていうと……」

千春は話すうちに自分でも多少混乱してきて、本題になんとか戻った。

「若菜ちゃんも、逃げていいよ。逃げた先に私がいれば、一緒にごはんを食べよう」

逃げた先にユウがいてくま弁があった千春は幸運だった。

自分がいてどうなるものでもないだろうが、今度は自分の番だという気がしていた。

「…………千春さんって興奮すると声おっきくなるよね」

「え⁉」

今あんまりそこどうでもいいよね、というところを指摘されて、千春は返答に窮する。

「アタシ、よくわかんないけど」

若菜は俯《うつむ》いて、その顔が少し笑っているのが千春にも見えた。

「でも、そっか、まあ、いいのかな」

「……いいんだよ」

千春は若菜を必死で肯定した。

若菜は俯いたまま、何度か、頷《うなず》いていた。

三輪は二人を、穏やかな目で見守っていてくれた。

「お待たせしました」

ユウが休憩室に三つの弁当を持ってきた時、千春と若菜は三輪の男性遍歴について興味深く聞いていた。ユウが入ってきたことによって三輪の話が中断され、千春と若菜は恨みがましい目でユウを見上げた。

「えっ？」

「いや……駆け落ちがこれからいいところで……」

「アタシ、その二番目の男は動物園に入るべきだと思う」

千春と若菜の話を聞いても、ユウは意味がわからない様子できょとんとしていた。

「さ、お弁当お弁当！」

三輪に促されて、ユウは弁当を三つ、ちゃぶ台に置いた。

「今日も食べていっていい？」

若菜が不安そうに尋ねると、ユウがにっこり笑って受け入れた。

「いいですよ、どうぞ。皆さんの分のお茶淹《い》れますね」

千春と三輪の分は天丼弁当だ。蓋《ふた》を開けると、舞茸《まいたけ》、さつまいも、百合根《ゆりね》のかき揚げ、れんこんのはさみ揚げ、とり天という組み合わせで、十一月という季節が感じられた。

特に大きな舞茸は存在感があり、肉厚で美味《おい》しそうだった。

若菜は何を作ってもらったのだろうかと見ると、ちょうど蓋を開けたところだった。

優しい黄色が、目に飛び込んできた。

くま弁名物、玉子焼きだ。

「あら、美味しそう」

三輪が弾む声で言った。

一本まるごとの玉子焼きが、ほかほかと湯気を立てている。

確かに美味しそうだ――が、若菜の顔は強《こわ》ばって見える。以前、若菜は試食の玉子焼きを美味しそうに食べていたが、弁当にはいらないと千春に言っていた。

「それから、こちらも」

ユウが差し出したのは、千春たちと同じ丼の容器だ。

若菜は恐る恐る蓋を開け、中身を確認して唇を嚙《か》む。険しい表情だ。

「土田様の分も、天丼弁当をご用意しました」

千春たちのものとまったく同じ、美味しそうに揚がった天ぷらがごはんを隠す、秋の天丼だ。

「玉子焼きはどうぞ皆様でお召し上がりください」

「いいの？　悪いわねー」

事情を知らない三輪は明るい声を上げたが、すぐに若菜の様子に気付いて、心配そうな顔をした。

「どうかした？」

「アタシ……あの……」

若菜は居心地悪そうに身じろぎし、耐えられない様子で突然立ち上がる。

強ばった顔で弁当を見下ろし、もごもごと呟《つぶや》いた。

「これ……ユウ君は、わかってて、やってるの？」

「そうですよ」

ユウはきっぱりと言い放った。

「練習しないと使えるようになりませんよ」

「…………」

千春は若菜を守るようにユウとの間に入った。

「ユウさん、無理させるのはよくないですよ」

ユウは千春に視線を移す。困ったような顔をしている。

「もう、小鹿さんもお気付きですよね。土田様が注文する弁当の条件」

「……だから、食べやすいものを、って言ってたのはユウさんじゃないですか」

気付いていた。オムライス、ハンバーグ丼、中華丼、カレーライス、おにぎり。

それらの共通点は、この天丼弁当と玉子焼きにはないものだ。

ユウは主張を変えなかった。

「小鹿さんも三輪様も、土田様のこと支えたいと思っているんです。土田様も、自分のことを受け入れましょう。まずはそこからです。練習して使えるようになれば、玉子焼きも食べられるし、周りの目を気にせず食べたいものを食べられるようになりますよ」

「……でも怖い」

小さな声で、おびえたように、若菜は囁《ささや》く。

ユウは、その場に膝《ひざ》を突いて、下から若菜と目を合わせた。千春は厳しい表情を想像していたが、そうではなく、困ったような、だが柔らかな笑みを浮かべていた。

「ここには、失敗しても、あなたを笑う人はいませんよ。今度は、あなたが、自分自身のために、努力する番では？」

そう言って、箸袋に入った箸《はし》を、おずおずとそれに手を伸ばした。

若菜は箸をじっと見て、おずおずとそれに手を伸ばした。

箸を取った彼女は、千春と三輪を不安そうな顔で見た。

無理をする必要はないと言おうとしていた千春は、若菜の顔を見て言葉を飲み込んだ。

彼女は不安そうだが、それでもまっすぐに前を向こうとしていた。

だから、千春は黙って一つ頷いた。

大丈夫だよ、という思いが伝わるように。

「……あの、教えて欲しいんだ。アタシ、下手で……たっくんにも、笑われて、それで……」

若菜は、箸を握る手に、ぎゅっと力を込め、

「アタシに、箸の使い方教えてください！」

　思い切って、そう言った。

　しばらくして、あ、と三輪が声を上げた。

「そっか、そうだったの？　それで……」

　納得した様子で、三輪はちゃぶ台の上の弁当と若菜を交互に見た。

　カレーライス、ハンバーグ丼、中華丼、おにぎり、そしてオムライス。

　どれも、箸を使わずに食べられる。

　一緒に弁当を食べるうち、千春もその共通点に気付いたが、何も言わなかった。無理せず、食べやすいものを、というユウの考えに共感したからだ。

　だが、ユウは、いつまでも若菜が『そこ』にとどまるのを許さなかった。

「そうだよ、玉子焼き美味しかったけど駄目だったのも、箸使うお弁当避けてたのも……見られたくなかったから。だって、たっくん、箸の使い方変だって笑うんだもん。アタシ、正しい使い方なんて知らないし、直そうにもよくわかんなくて……でも、色々言われるの恥ずかしくて、いやになっちゃって……」

　見る間に、若菜の目にじわじわと涙が溢《あふ》れてきた。カールした長い睫《まつげ》から涙が零《こぼ》れ落ちてしまう。

「大丈夫、大丈夫」

三輪が若菜の背中を撫《な》でてそう言う。千春が若菜の握りしめた手を取ると、若菜は千春をくしゃくしゃになった顔で見上げた。

「教えてくれる？」

「いいよ」

「勿論《もちろん》」

千春も三輪も、間髪を容《い》れずそう返事をした。

若菜は三輪や千春を不思議なものを見るような目で見つめ、俯《うつむ》いた。

「どうしてこんなに優しくしてくれるの？」

その問いに答えたのはユウだった。

「誰でもそういうことはあるからですよ。辛《つら》いこと、不安なこと……自分に自信が持てないような瞬間は、僕にもあります」

「アタシは、ずっとだった。ずっとそんなふうだったのかもしれない……」

若菜は言葉を嚙み締めるように言った。

「三輪先生、ありがとう。心配してくれてるのに、いつも面倒くさがって、逃げてごめんね」

「若菜……」

「千春さん」

千春に向き直って、若菜はもじもじしながらも、目を見て話してくれた。

「ありがとう、いつも、一緒に食べてくれて。たっくんのこと、電話で怒ってくれて。あれでアタシ、あ、これ、怒っていいのかなって……そう思えたんだ」

「若菜ちゃん、そんな、私こそ……」

「怒ってくれて、逃げていいんだよって言ってくれて、嬉《うれ》しかった。アタシ、今度は、逃げないで生きていきたいよ。だから、お箸、練習する……今度は、彼の家に転がり込むんじゃなくて、自分で住む場所、ちゃんと探す……」

若菜は喋《しゃべ》りながら、鼻声になっていった。涙が頬を流れて落ちていく。

「優しくしてくれてありがとう……」

「若菜ちゃん」

「最近、ごはん美味しくなってきて。お箸も上手に使って食べられたら素敵だろうなあって思うようになったんだ。だって、そうしたら、もっと色々食べられるでしょう？勿論、オムライス、美味《おい》しいけど。すっごく美味しいけど……」

ぎゅ、と箸を握りしめ、彼女は言った。

「お箸使えたら、千春さんと同じもの食べられるようになるもんね。だから、ユウ君も……ありがとう。いっぱい美味しいお弁当作ってくれて……今日は、背中、押してくれた」

礼を言われるとは思っていなかったらしいユウは、目を見開いて驚き、それからどこか気まずそうに目を伏せた。

ユウの様子を見て、涙の下で、若菜は笑った。

千春は、目を付けていた肉厚な舞茸《まいたけ》の天ぷらを口に運んだ。歯を立てると、秋を凝縮したようなきのこの風味がじゅわっと広がる。甘辛のつゆが衣によく絡んで、ごはんを無心で掻《か》き込みたくなる。勿論ごはんは一粒一粒がふっくら炊き上がって、甘みも粘り気も申し分ない。たっぷりのつゆがごはんにも染みて、衣の油がほどよく絡まり、正直このごはんだけでもものすごく美味しいと思う。

「うわっ、このかき揚げ美味しい」

三輪がそう声を上げたので、千春もハッとしてかき揚げに目を向けた。百合根《ゆりね》と三つ葉のかき揚げで、百合根の白と三つ葉の緑が彩りも綺麗《きれい》だ。かなり厚みがあったが、千春は大きな口で齧《かじ》り付いた。つゆにまみれてもなお三つ葉にはさっくりした食感が残っていて、百合根の食感との違いが楽しい。百合根の鱗片《りんぺん》は一枚一枚ほこほこして、甘みがあって、なんて優しい食べ物だろうと思う。つゆが染みたごはんとの相性も素晴らしいが、たぶん塩とかで食べても美味しいのではないだろうか。

美味しさにもだえていると、ユウが解説してくれた。

「全国で流通している百合根の九割以上が北海道産だそうですよ」

「お正月料理で需要が高まるので、十二月に出荷される分が多いのですが、今頃から出回って、二月くらいまでが旬です。収穫には時間がかかって、畑に植え付けてからも三年かかるんですよ」

「!? そんなに……？」

「そんなにかかるの……」

若菜がびっくりした様子で、かき揚げを見つめている。

よくよく観察してから、それを箸でつまみ上げようとするが、ぼろぼろと崩してごはんの上に落としてしまう。隣からそっと三輪が手を添えて、箸の持ち方を教えてやった。

食べにくそうにしながらも、かろうじて彼女は百合根のかき揚げを口に入れた。

口を動かし……途端、その目をきらきらと輝かせる。

「美味しい……百合根って初めて食べた。百合ってあのお花の百合？」

「お花の百合ですよ、主にコオニユリという種類の鱗茎という部分です」

「りんけい……」

「地下茎の、葉が集まったものをそう言うんですよ。この一枚一枚は葉が栄養を蓄えて太ったものです」

「へえ、そうなんですか」

そう言ったのは千春だ。若菜はちょっと不思議そうに千春を見やった。

「どうかした？」

「千春さんも知らないことあるんだなあって」

「そりゃそうだよ」

「そうなんだ……」

「知らないことは恥ずかしいことじゃない。知りたいことがあるなら学べばいいの」

三輪が教師らしく、そう言った。

若菜は、また一口かき揚げを味わい、小さく、うんと頷《うなず》いた。

それから、千春の様子をじっと見て、小声で耳うちした。

「ユウ君のこと、あんまり怒らないであげてね」

どきりとした。怒っていないとは言い切れない。若菜に対して厳しいところのあるユウに、疑問の一つくらいは抱いていた。

だが、言葉や態度に出したつもりはなかった。そんなにあからさまなことをしただろうか？

「ほら、千春さん、怒ると怖いもん。たっくんのことも、すっごい剣幕でしかりつけたでしょ」

そう言われて、ああ、と納得する。若菜は彼氏への態度を見て、ユウを心配したのか。

若菜は幼い笑顔で、しかしどこか鋭いことを言った。

「ユウ君はね、たぶん、優しいけど、優しさの形が千春さんと違うんだよ」

「……う、うん……」

千春のユウへの怒りとか苛立《いらだ》ちとかは、気付かれてはいない——と思うのだが。

千春は少し、自分の考えに自信が持てなくなった。

ユウをちらりと見ると、楽しそうに三輪と百合根の話をしている。

千春はまた一口百合根のかき揚げを食べた。

雪のように白い百合根は、ほこほことして、優しい味がした。

❄

若菜は、新居が見つかるまでの二週間、三輪の家で暮らした。三輪の家は色々決まりが多くて面倒臭かったとぼやきつつも、おかげで早く新しい部屋を見つけたいという強い動機になったと言う。

「アタシ、流されるタチだからさ。先生の家が居心地良すぎたら絶対居座ってた」

おかげで先週から若菜はアパートの一室に引っ越して、一人暮らしを始めている。くま弁に歩いて行けることが絶対条件だったとかで、ちょっと探すのが大変だったそうだ。

「でもね、先生、新居祝いくれたんだ」

そう言って、若菜は懐からプラスチックのケースを取り出した。細長いそれをパカッと開けると、中には箸《はし》が収まっている。先が漆塗りされ、全体に花びらが散った、可憐《かれん》なデザインの箸だった。

「可愛いね！」

「いいでしょ〜」

マイ箸として持ち歩いているそうだ。若菜は自分の言葉通り練習を繰り返し、箸でお弁当を食べることもできるようになった。

「お待たせしました」

ユウが若菜注文の鮭海苔《のり》弁当を会計する。若菜は弁当を受け取ると、千春を振り返った。

「じゃあ、アタシ、今日は帰るね」

「食べて行かないの？」

「明日《あした》早いもん。たまには二人で過ごしなよ」

「えっ、いや……っ」

「じゃあね！　あ、熊野さん、こんばんは！」

たまたまスーパー銭湯帰りらしい熊野とすれ違い、若菜は挨拶《あいさつ》していく。熊野は昔から請われて何度か地域の料理教室の講師をしていたのだが、最近になって月に一、二度、定期的に教室を開くようになった。若菜はその最年少の生徒として、周りのおばさま方からも可愛がられているそうだ。それを語ってくれた三輪は料理はからっきしな人なので、教え子が自分より社会人としてのスキルを磨いている……と遠い目で語ってくれた。

「ふふ」

千春は生き生きとした若菜の様子に、笑みを漏らす。ユウも穏やかに笑った。

「食べるのも、作るのも、楽しくなったって言ってましたよ」

「こんなに前向きになってくれるなんて。若菜ちゃん、影響されやすいとこあるけど、それがいい方向に働いているみたいだって、三輪さん言ってました」

ユウと自然に話が続く――実のところ、若菜への対応を巡って意見が割れて以来、千春はユウに対してわだかまり……とまではいかないにしろ、もやもやしたものを抱えていた。

だが、明るくなった若菜を見たら、あれでよかったのだと思えてきた。

「……ユウさんが正しかったんですね。お箸の練習、若菜ちゃんにしようって誘ったの」

「え？」

「ほら、天丼弁当作った時の話ですよ」

「ああ……いや、僕なんて、たいしたことはしてないですよ」

謙遜《けんそん》でもなく、気のない様子でそう言って、ユウは意外なことを口にした。

「僕は、千春さんのことすごいって思いますよ」

「え？」

ユウは、千春が注文した鮭海苔弁当を包みながら言った。

「土田様の恋人を叱ったでしょう。他人のために怒ることなんて、なかなかできないですよ」

「そ……そうかなあ。単に腹が立ってしょうがなくて……」

「千春さんは、家族に大事にされて、愛されることを学んでいるから、そうできるんですよ。千春さんのそういうところが、土田様に良い影響を与えたんだと思います」

「…………？」

そう言われても、千春は首を傾げたくなる。確かに千春は家族との間に大きな問題もなく成長して、反抗期くらいはあったものの、愛されて大きくなったと思うし、それを感謝してもいるが——。

「土田様のために怒ることができたのは、土田様を大事に思うからです。人には価値があると信じているからです。だからそれをないがしろにされて怒るんですよ」

釈然としない——千春は変な気分になっていた。人には価値がある。それは千春にとっては当たり前過ぎるほど当たり前のことだ。その前提が愛されて育ったことだとすると、愛されずに育つと、人の価値を信じられないというのだろうか。

本当に？

ユウは、どうなのだろう。

千春とは、違うのだろうか。

突然降ってわいた疑問に、千春は困惑してしまった。

ユウだって、千春を大事に思ってくれている。人を愛することを知っている。

それなのに、どうしてこんなことを言うのだろう。

千春は少し寂しくなって、弁当を受け取る時に、逡巡《しゅんじゅん》してしまった。

「？　千春さん？」

名前を呼ばれて顔を上げ、弁当を受け取る。

その手が触れあった。ユウの手は温かで、指を絡めるとするりと握り返してくれる。

「……千春さん？」

「あの……」

触れ方が優しい。いつでも、愛《いと》おしそうに、ユウは千春に触れる。

そこでふと、店頭で甘えてしまっていることに気付いて、千春は赤面して手を離した。

「すっ……すみません、行きますね！」

「千春さん」

離れて行く千春の手にハッとして、ユウが千春の肘《ひじ》を摑《つか》む。

「また来てください」

「あっ、はい！　勿論《もちろん》！」

ユウはやっぱり優しいし、肘を摑む彼の手からは、どうせなら帰したくないというくらいの愛情が伝わってくる。それにどぎまぎして、千春は赤い顔で彼の顔を見つめた。

ユウの手が、どうしても離れてくれない。

別れの挨拶が、なかなか互いの口から出てこなくて、ただしばらく見つめ合っていた。

•第二話• おせち嫌いの大晦日おせち

「だって弁当屋さんって面倒臭いじゃないですか」

後輩の宇佐小夜子《うささよこ》は千春同様小柄に分類される体格だが、似ているのはそれくらいで、タイプがまるで違う。

宇佐は黒髪をベリーショートにした、いかにも若々しくエネルギッシュな女性で、何事もきびきびと進めていくし、好き嫌いもはっきりしている。

「面倒って？」

ちょうどくま弁の桂《かつら》が千春の職場まで弁当を売りに来る日だったので、千春は売れ筋のザンギ弁当を買って食堂で食べていた。仕事上セキュリティが厳しく、職場では私用スマートフォンもいじれないので、ランチはお茶も飲める食堂で食べる。

宇佐の方は千春の向かいで、A定食——今日は油淋鶏《ユーリンチー》がメイン——を食べている。

一つ年下の宇佐は今年の春からの中途入社で、最近時間が合えば一緒に昼食を食べる間柄だ。宇佐は千春とは考え方がかなり違うので、同じ映画を見てもまったく違う感想になることもあって、そういうところが面白いと思う。

「いちいち声に出して注文しないといけないし」

「……ええ～、面倒って、そこ？　ファストフードだって居酒屋だって食堂だって注文はするでしょ」

「違いますよ、弁当屋さんと競合するのは飲食店じゃなくてコンビニですよ。コンビニって、商品をレジに持っていけば会計するだけで帰れるでしょう。声に出して注文する必要はないんです。煙草でも買いたいなら別ですけど」

「あ～……」

千春は箸《はし》を持ったまま唸《うな》った。弁当屋の競合相手はコンビニというのは正しいし、コンビニでは一切喋《しゃべ》らなくても買い物ができるが弁当屋ではそうはいかないのも事実だ……が、コンビニで買い物する時だって、何か一言喋る人の方が多いのではないだろうか。宇佐が温めますかと聞かれてハイと答えたり、商品を渡してもらってお礼を言ったりしているのを見たことがある。

弁当屋では声に出して注文しなければならないのは事実だが……そんなに大きな差とは千春には思えなかった。

「……そんなに注文面倒臭い？」

「人と一切言葉を交わしたくないくらい疲れてる時だってありますから」

「………そっか」

それはそれで心配になってくるが、今日の宇佐は元気に油淋鶏をがっついている。宇佐は一口が大きく、やや早食いの傾向があって、見る間に皿の上が綺麗《きれい》になっていく。

宇佐はさらに語った。

「それに、大手のコンビニが工場で作っているものの方が、品質が安定してるし衛生面でも安心できていいですね」

そういう考え方の人もいるのか……と千春もザンギを食べつつ考える。

しっかり味がついたザンギは冷めてもジューシーで美味《おい》しい。外はカリッと揚がっていて、特に皮のところがカリカリと香ばしい。肉に歯を立てるとぷりっとした食感とともに肉のうまみが、脂が、口の中に広がる。

幸せを噛《か》み締めていると、それを宇佐にじっと観察されていた。

「私が弁当屋さんでお弁当を買わない理由は話しましたよ。小鹿さんが食堂であったかい食事が食べられるのに、わざわざお弁当買うのはどうしてですか？」

「えっ……美味しいからだよ」

「……………いや、あったかい方がいいでしょう」

「美味しいよ。食べる？」

「ははあん」

宇佐は椅子にもたれ、ちょっと意地悪そうに笑った。

「さては私のこの油淋鶏が食べたくなりましたね？　それならそうと言ってくれれば交換してあげてもいいですよ」

「いや……そういうわけじゃないけど」

「小鹿さんにはお世話になっていますからね、はいどうぞ」

「……………ああ、ありがと……」

千春は釈然としなかったが、自分の弁当から相手の皿にそっとザンギを一つ置いた。

宇佐がくれた油淋鶏はまだ温かく、カリッと揚がった鶏肉にネギがたくさん入った甘酸っぱいタレが絡んで、確かにこれはこれで美味しかった。

「最近美味しくなったよね、ここの食堂。業者が替わったのがよかったねえ」

宇佐も千春が譲ったザンギを食べる。一口で半分食べて、続けて残り半分も口に入れて黙って食べる。

そしてそれを飲み込んだ彼女は、何かをじっと考え込むような顔で、千春の弁当を見つめている——カリッと揚がったザンギを。

「……宇佐さん？」

はっとした様子で、宇佐は顔を上げた。

「ま……っ、まあ美味しい方ですね！　冷めてる割に軟らかいし、ジューシーだし、味付けもにんにくに頼りすぎることなく、皮も冷めてるのにカリカリで……」

「……もうあげないからね」

「欲しいなんて言ってないじゃないですか！」

宇佐は赤面して、今度はごはんをガツガツと食べていた。

❄

宇佐小夜子は、弁当屋があまり好きではないという。

弁当よりは食堂で温かいものを食べる方がいいし、どうしても弁当を買わなければならない時でも、弁当屋で買うくらいならコンビニで買うと言う。

千春は意見の違いを興味深く聞いていた。そういう考え方の人もいるんだなあ、くらいの感じで、別に説得して考えを変えさせたいとかそんなことを考えたりはしていない。

ザンギだって、ほとんど強引に交換させられただけだ。

だから、おかず交換の翌日、宇佐小夜子がくま弁にいたのは千春のせいではない。


「…………」

思わず千春は自動ドアを入ったところで立ち止まり、宇佐の背中をじっと見つめた。

宇佐は店の隅に立ち、メニューを見つめて、真剣に弁当を選んでいるように見えた。

「宇佐さん……？」

宇佐は一瞬ぼけっとして、それから慌てて千春を振り返った。

「こっ、小鹿さん」

「……や、やあ」

狼狽《ろうばい》ぶりを見て、千春は申し訳なくなってしまって、なんとも引きつった顔で挨拶《あいさつ》をする。宇佐の方はそれ以上に引きつった顔を見せたが、なんとか平静を取り繕った。

「どうも、こんばんは。また会っちゃいましたね！」

宇佐からすると、まさしく『会っちゃった』という感じだろう。

「いらっしゃいませ、小鹿さん。お知り合いでしたか」

「ええ、会社の同僚で」

　ユウは今日もにこにこと人好きのする笑みで接客してくれる。営業スマイルなのだと思うが、それだけではない人の善さというか、穏やかな性格がにじみ出ている。

「あのですね、別に私は……その……」

　宇佐は頬を赤らめながらも言い訳しようとする。言い訳の必要なんてないと千春は思うのだが、宇佐としては恥ずかしくて言い訳しないと気が済まないのだろう。

「たまになら、いいかなって思ったんですよ。ほら、小鹿さんが食べさせてくれたので、味も安心感があったと言いますか……」

　交換したザンギが美味しかったんだろうなあと思い、千春はうんうんと頷《うなず》いて聞いていた。内心でにこにこ笑ってしまっているが、顔に出すと宇佐は余計恥ずかしがりそうなので、我慢する。

「何食べるか悩んでた？」

「まあ、そうですね」

　時刻は二十時を五分ほど過ぎたところ、宇佐も千春も同じ遅めのシフトで仕事をしていた。千春はロッカールームでちょっと立ち話をしていたが、たぶん宇佐はまっすぐ駅に行って、一本早い地下鉄に乗ったのだろう。店は他にも客がいて、宇佐は狭い店内で居心地悪そうにしている。

「小鹿さん、よくここ来られるんですか？」

「うん、しょっちゅう。宇佐さんは、くま弁の場所調べたの？」

「し、調べたってほどじゃないですよ。店名をネットで検索しただけで……」

調べてるよねそれ……と千春は心の中でだけ呟《つぶや》いた。

「あの、迷っちゃって。ここ、何美味しいですか……？」

「あー……ザンギ弁当とか？　でも、食べたもんね。野菜もいっぱい食べられるし」

は？　あったまるし美味しいよ。野菜もいっぱい食べられるし」

　くま弁のロールキャベツ弁当はロールキャベツが容器いっぱいに詰められて、さらに角切り野菜がたくさん入ったスープが蓋《ふた》に付くぎりぎりまで注がれる。これが意外とごはんに合う。

　宇佐は難しい顔で悩んでいる。

　ユウが千春に声をかけてきた。

「小鹿さん、ご予約のロールキャベツ弁当ご用意してよろしいですか？　他に何か召し上がります？」

「あ、ロールキャベツ弁当だけでいいです。お願いしますね」

「う……うう……」

　宇佐がついに唸りだした。

「大丈夫？」

　千春がいい加減心配になって声をかける。

突然、宇佐は決断したらしく、顔をぱっと上げてユウに言った。

「ザンギ弁当一つください！」

「ザンギ弁当お一つですね、かしこまりました」

……千春と交換したあのザンギがそれだけ美味しかったということだろうか。

ついに注文できた宇佐はほっとした様子だったが、千春の視線に気付いて、恥ずかしそうな表情を見せた。

「……小鹿さん、家近いんですか？」

「うん。宇佐さんは違う……よね？」

「近くはないですけど、地下鉄途中で降りたら来られるので……」

「そっかあ」

「……なんかずっと笑ってますね、小鹿さん」

「えっ」

顔がにやけていただろうか。笑うのは我慢していたつもりだったのだが。

千春は自分の顔をぺたぺたと触った。

「別に宇佐さんを笑ってるんじゃなくて、くま弁に興味を持ってもらえたのが嬉《うれ》しくて……ほら、大好きなお店だから」

そう説明すると、宇佐は苦々しい顔で店内を見回した。

「小鹿さんみたいなお客さんがいるなんて、この店は幸せですね」

そうかな？　と千春は首を捻《ひね》った。

❄

宇佐と初めてくま弁で会ったのが、もう三週間は前になるだろうか。

いつの間にかクリスマスも過ぎて、すすきの近辺は忘年会目的の老若男女で連日賑《にぎ》わうようになっていた。

この日はたまたま千春も宇佐も同じシフトで、一緒に退社して、一緒に地下鉄に乗り、普段なら数駅先で降りるはずの宇佐が豊水《ほうすい》すすきの駅で一緒に降りた。

宇佐はあれ以来、時々来店しているらしい。

「今日も行くの？　私もだけど」

「まあ、そうじゃないとこんなところで途中下車しないですから」

宇佐は言い、恥ずかしそうにマフラーを巻き直して口元を隠してしまった。

二十時少し前のくま弁は開店直後の混雑も落ち着いてきたところだったが、千春たちの他にも二組の客がいて、ユウは忙しそうに弁当を作っている。

「ここってお節はやってるの？」

客の一人が弁当を受け取りながら、店員の桂に尋ねていた。

「大晦日《おおみそか》に十食限定ですけどお出ししてますよー。あ、でもお重とかではないですよ、お惣菜《そうざい》容器にお一人様一食分のお節料理を詰め合わせたものです」

桂はそう説明し、客にチラシを見せた。大晦日限定、お節ありますという文字がちらりと見える。千春が興味を引かれた様子なのに気付いて、桂は千春にもチラシを一枚くれた。桂の言う通り、惣菜を盛り合わせるような容器に、正月料理が一人前綺麗《きれい》に詰められている。普段のくま弁なら白い発泡スチロールの容器なのが、これは黒地に金と赤の模様が入ったものになっていて、お正月っぽい。

「こんなことしてたんですね」

「開店して一時間くらいで売り切れちゃうんです。取り置き予約も可能ですよ」

「ん〜、でも元旦《がんたん》は朝イチの飛行機で帰省するんですよね」

「元旦というか、大晦日の夕食時に召し上がる方も多いですよ」

「……大晦日からお節ってことですか？」

「ええ——あ、ちょっと失礼します」

桂は別の客に呼ばれて行った。

千春の疑問に答えてくれたのは宇佐だった。

「小鹿さん道外の人だからご存じないかもですけど、北海道では大晦日にお節食べるおうちもあるんですよ」

「!? えっ、それは……普通に？」

「はい、普通に、親戚《しんせき》とか家族が集まってお節つつくんですよ。年越しのお祝いみたいな感じですかね。勿論《もちろん》、元旦に初めてお節食べるおうちも多いですけど」

「おそばは？」

「おそばは日付が変わる直前とかに……締めみたいな感じになるんじゃないかな」

「へえ……じゃあ、お正月は何食べるの？」

「それもやっぱりお節ですね。あとお雑煮とか」

「そうなんだ……」

「不思議ですよねー」

「宇佐さんちは違ったの？」

「あー、うちは客商売だったので、大晦日は常連さんが集まって、飲んで騒いで大変でしたよ。子どもの頃はうるさくていやだなあなんて思ってましたし、大きくなると手伝わされるしで。新年に遊びに来る人もいたし、大晦日の分も含めてお節もいっぱい用意してました。それもあって、私、お節料理自体、あんまり好きじゃないんですよね」

宇佐は渋い顔で言った。

「基本的に三が日保たそうとするから甘いかしょっぱいかって感じだし。かといって三日ずっと食べていられるかって言ったら、そうでもないし。味が濃いから飽きるし、だいたい同じもの三日も食べ続けたくないですから」

「そっかあ。私は結構好きだよ。数の子とか、かまぼことか、お酒飲みながら食べたら美味《おい》しいし」

「小鹿さんのんべえですから」

「そ……それほどでもないよっ」

「私はどうせお祝いするなら肉とか食べてる方がいいですね。でも、大晦日もお正月も、そもそもそんな特別なものでもないなあって思っちゃって。お休みになるのはいいんですけど、それくらいかなあ……」

「実家は帰るの？　実家住み……じゃないよね、確か」

「帰らないですねー、近いですけど。小鹿さん東京でしょ。帰ります？」

「その予定だよ。お盆帰らなかったし」

「偉いなあ～」

「いやあ……」

冷やかされたように感じた千春は曖昧《あいまい》に答えてかわした。

「年末年始の実家って、あんまり良い思い出なくて」

ぽつり呟《つぶや》く宇佐の横顔が、今までになく頼りなげに見えたので、千春は驚いた。

「親が客商売ってさっき言いましたけど、実は弁当屋だったんですよ。コンビニが近くにできて潰《つぶ》れたんですけどね」

「えっ」

千春の口から思わず声が漏れた。

何しろ、宇佐はコンビニ弁当派で、弁当屋での注文を面倒臭いと切り捨てていたのだ。

宇佐は短い髪をいじって、頭を掻《か》いた。

「お客さんがぐんと減って、たぶん経営苦しかったと思うんですけど。そんな中でも、前からやってたからって、常連さんたちとうちで忘年会するんですよ。でも、足が遠のいていた常連さんが、その時だけお店に来たりして、私はそういうの許せないっていうか……受け容《い》れがたいものがありましたね。ずっと来てないのに、なんで忘年会だけふらっと来て飲んで騒いでるんだよって。お客さんに面と向かっては言えなかったけど、ずっと不満でした。そういうのを、よしとしちゃう両親のことも含めて」

宇佐がいくつの時のことかはわからないが、確かに子どもなりに鬱屈《うっくつ》が溜《た》まりそうな状況ではある。親の客が家に来て飲んでいたらただでさえ落ち着かないだろうに、そんな店の状況では……。

「まあ、売り上げ落ちてからもしばらく粘ってたんですけど、結局駄目で、今は親戚の紹介で別の仕事してます。店畳んでもう何年も経ちます。それなのに、今も年末は昔の常連が集まって忘年会してるんですよ。意味わかんないですよ。親も親ですけど、来る方も来る方です。どうして店やってる時にもっといっぱい来てくれなかったのか、何を考えて潰れた店の忘年会に顔を出しているのか、訊《き》いてみたいものですよ」

宇佐は肩をすくめて、苦笑を漏らした。

「ついには、関係ない弁当屋さんまで憎らしくなっちゃいました。うちは頑張ってたのに何が違ったんだろうって。それでまあ、弁当屋さんを見る目が厳しくなったところはあったと思いますね」

「そう……」

「ま、くま弁は美味しかったんで、もう私としては負けを認めざるを得なかったって感じですね！」

その言葉は、カウンターの向こうにいるユウにも聞こえるよう、宇佐は大きな声で言った。ユウはどこまで話を聞いていたのかわからないが、微笑んで、宇佐に軽く頭を下げた。

「はは、やっかみなのはわかってるんですけどね……。でも、なんか、吹っ切れなくて。なんでかなあ、とか、どうしてかなあ、とか、そんなことばっかり、この時季は特に考えちゃうんですよね。あの人たちは、お客さんたちは、何を考えて今もうちに集まるんですかねえ……？」

呟くと、宇佐は自嘲《じちょう》気味に笑った。ユウへの問いかけの形をとってはいたが、あまり答えを求めているようすには見えなかった。

「あの、宇佐様」

ユウが、不意に呼びかけてきた。

「大晦日のご夕食、何かご予定がおありでしょうか？　よろしければ、当店で特別にお作りするのはいかがでしょうか？」

「え？」

宇佐はきょとんとした顔で、ユウを見つめる。

「えー……っと、どうしてでしょうか……」

「宇佐様のご質問に、僕は答えられないので」

「まさか、お弁当で答えるってことですか？」

苦笑する宇佐に、ユウは目を伏せ、微笑んだ。

「ものは試しと言いますから」

宇佐はユウが本気らしいとわかって、困惑した顔で千春を見やった。千春は肩をすくめた。

「ものは試しだよ、宇佐さん」

「……ええ～……」

宇佐は半笑いみたいな表情を浮かべ、頭を掻いた。いったい自分の問いに、どう答えるつもりなのか、まったく想像できなかったのだろう。というか、実のところ千春だってわからない。わからないが、たぶん、ユウのことだから何か考えがあるのだろう。

「ん～……」

宇佐は逡巡《しゅんじゅん》の後、頷《うなず》いた。

「まあ、どうせ予定もないんで、お願いします。せっかくだから、ちょっと奮発したやつで」

「かしこまりました」

宇佐は小声で千春に囁《ささや》いた。

「ユウさんって商売上手ですね～」

困り顔で笑いながらも、宇佐は少し機嫌が良さそうだった。

❄

黒川《くろかわ》はくま弁の常連で、ユウとも熊野とも親しい。

年の瀬も迫ってきたある日、店の前で千春と出くわした黒川は、こう切り出した。

「小鹿さん、大晦日《おおみそか》参加しますか？」

「？　何がですか」

まだ開店前で、客たちは行列を作って並びながら、メニューを見ていた。千春もメニューを片手に、寒さを堪《こら》えるために足踏みしながら、何か誘われていたかと記憶を探る。その間にも冷気は忍び寄って千春の体温を奪っていこうとする。ブーツに中敷きを敷いていても凍った路面からの冷気で足先は凍《い》てつくようだ。

「忘年会！　みたいなやつです。くま弁で、来られる人が来てやるんですよ。小鹿さん、今年は元旦《がんたん》の朝に帰省するけど、大晦日はまだこっちだって聞きましたよ。暇ならどうですか？」

「えっ、でも、くま弁って大晦日も営業してますよね？　忘年会って何時からですか？」

「十八時頃から集まって準備ぼちぼちしていく予定です。大晦日は二十三時までの営業なんで、ユウ君は閉店後に参加」

「……先にお客さんだけで始めちゃうんですね」

ちょっと呆《あき》れてしまったが、この店の常連客とオーナーである熊野の距離感からすると、不思議でもない。熊野は特に人当たりが良いわけではないが、飾らない、気安い雰囲気がある人で、ずっと年下の千春も接しやすい。

「まあね、みんな来られる時に来て、ちょっと顔だけ出して帰る人もいるし、僕みたいに年越しまでいるつもりの人間もいるけど」

大晦日はユウも仕事だし、一人で映画館に行って年越し上映でも観ようかと思っていたところだ。

「私も特に予定はないんで、参加しようかな」

「じゃあ、来られる時間に来てください。僕はたぶん十八時頃からいます。持ち寄りは歓迎だけど必須《ひっす》じゃないです。すき焼きするからその買い出し分は割り勘ですね」

「あの、やっぱりお節食べるんですか？」

問われて、黒川は首を傾げた。

「どうかな、お煮染め持ってきてくれる人はいるかも。ああ、あと、ユウ君が何か用意してくれるはず……熊野さんはお寿司握ってくれると思います、毎年そうだし。参加はたぶん入れ替わりありで十人弱くらい……」

「私、お酒持っていっていいですか？　今ケースで家にあるんです」

「歓迎！　ビール？」

「サッポロクラシックです」

千春が挙げたのは北海道で限定発売されているビールの銘柄だ。

「好き！」

黒川はぱっと両手を挙げて喜びを表現してくれた。

さて、さすがに箱で持ってくるとなるとかなり重いが、どうしようか。

千春がそう考えた時、ふと鼻の頭にひんやりとした感触を覚えて、空を見上げた。降り始めた雪が街灯に照らされて白く光を反射しながら落ちてくる。冷たい空気のせいで耳はきんと痛み、頬は突っ張ってひりひりする。

「また降ってきた……」

もう札幌《さっぽろ》で暮らし始めて二年が経つ。当初より寒さに慣れてはきたものの、やっぱり寒いものは寒い。ずっと暮らせば慣れるのだろうか。それとも、地元の人でも寒さが苦手な人がいるように、やはり苦手なままなのだろうか。

「寒いですねえ。最近寒さが堪《こた》えるようになっちゃって」

札幌生まれ、札幌育ちの黒川が、革手袋に包まれた手を擦《こす》り合わせながら言った。

「え……そういうものなんですか？」

「年のせいですかねえ？」

そう言って首を捻《ひね》る黒川は、たぶんまだ四十をいくつも超えていないだろう。千春は慣れることはあっても今より寒さへの耐性が低くなることはないと思っていたが、加齢という要素を忘れていた。

「そっか……年か……そうですかあ……」

「そうそう、小鹿さんももう十年もしたら実感できるようになるから……」

「うーん」

千春はふと黒川を見上げた。うねるようなパーマを当てられた黒髪によく手入れされた髭《ひげ》という特徴的な見た目で、香水とアルコールの匂いをまとわりつかせた四十代男性──彼が経てきた十年をふと思う。自分のこれからの十年はどんなものだろうか。

思えば札幌に来てからの二年で、千春にも変化があった。やや引っ込み思案なところがあった自分にも知り合いができて、大晦日を賑《にぎ》やかに過ごすことになったのだから、二年というのはやはり短くはない年月だ。

年の瀬だからだろうか、妙にこれまでとこれからの年月について考えてしまう。

ユウは、自分とのことを、どうするつもりだろうか。

「…………」

「小鹿さん？」

呼ばれてハッとして顔を上げると、行列が進んでいた。雪が降ってきたから、桂が早めに店を開けてくれたのだ。

千春は前の人との間にあった距離を急いで詰めて、店内へ入った。

店の中は、暖かく、少し湿った空気に、食べ物の匂いが混じっていた。

❄

忘年会、と言われた時、宇佐の話が頭を過ぎった。

幸い……と言うべきか、くま弁は経営が立ちゆかないわけでもなく、騒がしくしていやな思いをする子どもがいるわけでもないが、宇佐にとっては古傷をえぐるような話だろうから、できるだけ耳に入れない方がいいだろうと思った。

だから、当然、忘年会にも誘っていない。

だが、社食でそばを啜《すす》りながら、宇佐が大晦日に店に行く用事があることを思い出した。

「大晦日はくま弁にお弁当取りに行くんだよね？」

「はい。小鹿さんはくま弁の忘年会行くんですよね」

「えっ」

何故知っているのか――と思って千春が啞然《あぜん》としていると、宇佐はこともなげに言った。

「桂さんと常連さんが話しているの聞きました」

「ああ～そっか……」

「いや、別にいいですよ、気を遣ってくれなくて。それで、大晦日お弁当取りに行きますけど、何か私に用事でもあるんですか？」

「そう、それだった。お弁当、私もちらっと見せてもらっていい？」

「……はい？」

カレーうどんを啜る手を止めて、宇佐が変な顔で千春を見つめた。

会社の食堂で、今日も千春は宇佐と昼食を取っていた。千春は温かい天ぷらそばのかき揚げを箸《はし》でつゆに浸しつつ説明する。

「私、ユウさんのお弁当見るの好きなんだ」

「……変わった趣味ですね」

「趣味っていうか……いや、ごめん、いやならいいよ。変なこと言ってごめん」

「いやなわけじゃないですけど、どういう心理でそうしたいのかは興味ありますね」

「ファン心理……かな」

「ファン……」

わかったような、わからないような顔で、宇佐は小首を傾げる。

「ユウさんの作るお弁当が好きだから、もしできるならなんでも見てみたいんだよね」

「食べなくてもいいんですか？」

「それはまあ、食べたい気持ちは常にあるけど、見るだけでもいいから見たい」

「へえ……自分が注文する時の参考にするとか？」

「ああ、その手があったのか。いや、そういうわけじゃないよ、ただ本当に見たいだけ。ユウさんが今回みたいに作るお弁当は、その人だけに作られるお弁当だから……うん、つまり……私は、ユウさんのお弁当に、料理だけじゃない何かが入ってるって思ってて、それを見届けたいと思ってる……のかな」

疑問形になってしまったせいか、宇佐はますます訝《いぶか》しげな顔だ。

「……ユウさんは、あんまり自分のこと話してくれないんだけど、お弁当にはユウさんの考え方が込められているような気がするんだよね。どんなお弁当かなっていうのも気になるけど、ユウさんが何を考えているのかわかる気がして……」

「ははあ」

宇佐は突然訳知り顔になった。

「わかりましたよ、小鹿さんはユウさんがお好きなんですね。……というか、お付き合いされてます？」

「えっ」

千春が絶句すると、宇佐は、やっぱりね〜と呟《つぶや》いて、またうどんを啜った。千春は熱くなった頬を押さえて尋ねる。

「そんなわかりやすい……？」

「かまかけただけですけど」

「!?」

「ま、いいですよ。見たければ見てください。私が行くのは二十時くらいですから。もう忘年会でお店にいるなら、声かけますから」

「うん、ありがとう……」

千春はつゆを吸って溶けそうなかき揚げを食べ、宇佐はつゆを一口飲んでため息を吐いた。

「小鹿さんって案外面食いですよね」

「そ……そうかな!? いや、見た目だけじゃないよ、ユウさん優しいし……なんか……放っておけないし……」

「ふーん……まあ、私はたぶん小鹿さんとは趣味合わないんで」

「そう?」

「そうですよ、うどん派だし」

そう言って、宇佐はまたうどんを啜った。そばを啜った千春は、思わず、ふふっと笑った。

「そういえばそうだね」

「……ねえ小鹿さん、天ぷらをそんなにつゆに浸したらつゆの中で分解しちゃいませんか?」

「え、私はその寸前くらいで食べるのが好きかな……」

宇佐は顔をしかめて千春を見た。いかにもそれが苦手です、という顔だ。

千春は感心して呟いた。

「趣味合わないねえ……」

「よかったですよ、小鹿さん相手に男と食事を取り合うことは今後もないでしょうから。……ああ、まあ、ザンギは除いておきますけど」

その言い方に、千春は思わず笑い、宇佐もおかしそうに笑顔になった。

❄

大晦日《おおみそか》の前日、千春は開店時刻のかなり前にくま弁に行った。

ちょうどユウは店の前で凍り付いた歩道の雪を割っているところだった。

「お手伝いしますよ」

「いえ、いいんですよ、もう終わるところですから」

千春の申し出をユウはやんわり断った。

「そういえば、千春さんがビール持ってくるって聞きましたけど――」

「はい、あ、サッポロクラシックなんですけど」

「そうですか、いえ、銘柄の話じゃなくてですね」

ユウは一旦《いったん》玄関から屋内へ入った。

戻ってきたとき、彼はプラスチック製の赤い橇《そり》を持っていた。

「これ使ってください、ビールをケースで持ってくるなら重いでしょうから。雪道ならこれが楽ですよ」

「橇……」

そういえば、雪が積もると、子どもと買い物袋を橇に乗せて、引っ張って歩く親御さんを見かける。千春のマンションからくま弁までは五分程度だが、あると随分楽だろう。

「なるほど、じゃあ、ありがたく使わせてもらいます」

「どうぞどうぞ。そういえば、忘年会は宇佐様誘いました？」

人の心の機微に聡《さと》いユウからそう訊《き》かれて、千春は少なからず驚いた。

「いや、誘ってないですよ。まさか参加しないでしょう、トラウマあるんですし……そうでなくとも、知らない人ばっかりの忘年会って、落ち着かないでしょうし」

「そうおっしゃってました？」

「いえ……」

「それならわかりませんよ。決めつけはよくありません」

「そうですか？　どちらかというと、慮《おもんぱか》ったつもりなんですけど……」

一通り雪割りを終えたユウは、スコップを店舗の外壁に立てかけ、大きく息を吐いて腰を伸ばした。額に光る汗を、タオルで拭《ぬぐ》う。千春はマンション住まいだから雪掻《か》きの必要はないが、結構な重労働だと聞いている。

ふと、千春はそもそもここに来た目的を思い出した。

「あの、ところで、明日《あした》なんですけど——」

ユウは雪掻きの道具を玄関前に立てかけて、千春を振り返る。

「ユウさん、忘年会の後でお出かけできます?」

「? できますよ。三が日はお休みですし、特に予定もないのでのんびり過ごそうと思っていました」

「じゃあ、初詣《はつもうで》いきませんか？」

「いいですね」

ユウとどこかに出かけることはそんなに多くないから、約束ができたことが嬉《うれ》しくて、千春の顔はにやけてくる。ユウの表情もいつもより緩んでいる気がする。相手の顔を見て、お互い照れてしまった。

「あ、じゃあ、それだけなので。開店前にすみません」

「いつでも歓迎ですよ」

時々ユウの言葉が恋人へのものなのか客へのものなのかわからなくなることがある——が、たぶん今回は前者だと、彼の表情でわかった。はにかむような笑みを口元に浮かべ、目は優しく細められている。愛《いと》おしそうな表情に見えて、千春の顔は熱くなる。

「それじゃ……」

挨拶《あいさつ》して、頭を軽く下げて家への道を辿《たど》る。昨夜の雪は踏み固められていたものの、一歩ごとに、その雪が溶けるような錯覚に襲われた。

❄

「小鹿さ〜ん、今晩ユウ君デートに誘ったって？」

宴会が始まってもう一時間以上経過していた。

ほろ酔い加減の黒川は、何かの拍子にそんな話を振ってきた。

「何言ってんですか黒川さん⁉」

一応、他の客の前では千春はユウとの付き合いは伏せている……ユウから頼まれたわけではないが、その方が周りも気を遣わなくていいし楽かなと思ったのだ。

だが、その場にいた常連客たちは、あまり驚かなかった。

「一緒に年越しなんて素敵……」

そう呟いたのは、ワインで頰を赤く染めている片倉《かたくら》だ。狸小路《たぬきこうじ》に店を構える有名占い師の彼女も、今日は早々に店仕舞いをして、くま弁の忘年会に参加中だ。

「いやっ、年越しっていうか……ただの初詣です……」

説明したせいで、デートを認めてしまったことに気付いて、千春の声は小さくなった。

それを聞いて、熊野の娘婿である竜ヶ崎《りゅうがさき》が、真面目くさった顔で言った。

「寒いと思いますから、暖かい格好をして行ってくださいね」

表情は真面目だし言っていることも気遣いに溢《あふ》れているが、いつもの眼鏡ではなく、パーティ用の鼻眼鏡を装着させられているせいで、視線が微妙に合わない。視力が低いから、度なし眼鏡ではどこに千春の目があるのかよくわかっていないのだと思う。

鼻眼鏡は先ほど、黒川と格闘ゲームで対決して二敗した罰だ。ちなみに黒川もその前に一敗しているので、罰としてうさぎのヘアゴムで髪の毛を括《くく》っている。

「いいなあ、初詣。僕たちも小鹿さんたちと行かない、佐倉《さくら》ちゃん」

隣の美女にそう笑いかけたのは、常連客の橘《たちばな》で、話しかけられた美女は佐倉。佐倉は居住まい正しくウーロン茶を飲んでいたが、あきれ顔で橘を見やった。

「駄目ですよ、せっかく二人きりでデートなんですから、そっとしておいてあげないと。それに、私は門限があるので帰ります」

「あっ、はい……」

かにを持ち込んだ人もいれば、お煮染めを持ってきた人もいる。すき焼きの肉はかなり良いものだ。熊野が握ってくれたお寿司もある。

「そうだよ、黒川さんも、そっとしておきなよ」

熊野はそう言ってミニキッチンの方から現れ、持ってきた新しい肉を早速鍋《なべ》に入れてくれる。ミニキッチンに備え付けてある小さな冷蔵庫は、飲み物やら食べ物やらでぎゅうぎゅうだ。これから参加する予定の常連もいるから、宴会はまだまだだらだらと続くだろう。

「ユウ君に今年もなんかゲームして年越ししようよって誘ったんですよ、そしたらね、『今年は千春さんとデートなんでいやです』ってー。っていうかいやですってなんなんでしょうね、普通無理ですとかじゃないんですか、いやですって、それ僕と遊ぶのがいやなのかって話ですよね！」

言っている内容も、ろれつも怪しい。顔色がちょっと赤くなってきたな、くらいに思っていたのだが、黒川はどうやらかなり酔っているらしい。

「黒川さん、茜《あかね》ちゃんは？　正月帰らないの？」

茜は黒川の愛娘《まなむすめ》で、東京で役者兼アイドル兼高校生という忙しい生活を送っている。

熊野に問われて、黒川は俯《うつむ》いて首を振る。

「最近連絡がなくて……」

「そうかい……」

熊野もフォローのしようがなくなっている。

「茜ちゃんが家にいた頃から忙しくてすれ違い気味ではあったんですけど、それでも朝ごはんは一緒に食べてたし、顔を合わせれば話はいっぱいしたんですよ。離れても電話したりメッセージやりとりしたりできるって思ってたんですけど……でも、そういうのもだんだん間遠くなっていっちゃうんですね」

「それはさ、ほら、年齢的に、もうなんでも父親に話すって歳でもないだろ」

熊野に言われて、黒川は酒臭いため息を吐いてうなだれる。

「そうですね、わかっているんです。でも、家族ってなんだろうなあとか……一緒に暮らしていないと、このまま家族じゃなくなっていくのかなあって……」

「そんなことないですよ！」

　黒川と同じくらいアルコールが入っていた千春は、思わず大きな声を上げた。

「私も社会人になって親元離れましたけど、親はずっと親ですよ！　お父さんである黒川さんが、家族じゃなくなっていくなんて悲しいこと言わないでくださいよ！」

「うっ……そうだよね、僕がそんなこと言ったら、茜ちゃん悲しむよね……！」

「そうですよ！」

　話半分に聞いていたらしい橘が、のんびりと言った。

「昔なら結婚する時に家を出たから、家を出るっていうのが家族じゃなくなるって感覚だったのかもしれないですねー」

　橘の顔は赤いし、なんとなく言った言葉だったのだろうが、突然、黒川は顔を覆って嘆き始めた。

「うっ……結婚したって家族だもん……」

「橘さんっ、駄目ですよ、そんなこと言ったら」

　隣の佐倉に怒られて、橘はしょんぼりしている。

　アルコールのせいもあってめそめそする黒川を、竜ヶ崎が慰めた。

「妻は、僕と結婚する時も、家族が増えるだけだって言ってましたよ。結婚したからってお父さんから離れて行くつもりはないって」

おお、いい話だし、ナイスフォローだ。

義父である熊野の方は、照れくさそうにしている。

「なんだ、あいつそんなこと言ってたのか。まったく、考えが甘いんだよ」

照れ隠しで言葉が悪くなっているが、熊野が嬉しそうなのはよくわかった。

「結婚かあ」

千春自身は結婚願望が強いわけではないし、今すぐ絶対結婚したいというわけでもない。付き合っている相手にその気があって、自分も相手とそうありたいと思えたら、良いタイミングで……と思ってきた。

そして、今、千春はユウと付き合っている。

母が東京から遊びに来た時、初めて彼との将来を強く意識した——彼と家族になるということについて、千春は前向きに考えている。彼と暮らして、家族になって、そういう……空想めいたものを、もう少し現実的に意識しつつある。

だが、果たして彼の方はどうだろうか。

時々千春は、ユウが何を考えているのかわからなくなることがある。ユウはなんでも笑って受け流す癖でもついているのか、ぱっと見ただけでは真意が読み取りにくいことがあるのだ。最近は千春も慣れてきて、彼の小さな表情の変化から、何を考えているのか少しわかるようになってきた——だが、わからないこともある。

先月、ユウは異性問題を抱える若菜という若い女性客について、かなり手厳しく評していた。優しい人だと思っていたユウのそうではない一面を見て、千春は少なからず驚いた。

とはいっても、若菜についてのユウの言葉もまったくの的外れではないのだと思う――ただ、千春からすると厳しく見えたし、ユウならもっと優しい言葉を選びそうだなと勝手に考えていた。

そう、ユウについての千春の勝手な思い込みを正されたような……そんな気分なのだ。

「小鹿さん、大丈夫？」

いつの間にか場はまた和やかな雰囲気になっていて、その中で一人考え込む様子の千春を、黒川が気にかけてくれた。

そっと、周りに聞こえないように気を遣って声をかけてくれる。

「ユウ君と、なんかありました？」

「あー……いえ、何もないというか……」

黒川はユウとの付き合いが千春より長い。千春は、ぽつぽつと言葉を選んで説明した。

「この前、親が来て、私なりに将来のこと考えちゃったんですけど。そういうの、ユウさんはどう考えてるのか、わからなくて……」

言葉にすると結構重い話になってしまい、千春は困って俯いた。

「ユウ君か、将来ね、あー……」

何か思うところがあったのか、黒川はそう呟《つぶや》いて、お湯割りが入ったグラスを両手で包み込み、しばらく考え込んだ。

「……そこは、やっぱり、本人に訊《き》くのが一番ですかねえ」

「そう……ですよね」

「でも、小鹿さんを不安にさせるとか、ユウ君も悪い男ですねー」

「いやいや、私が勝手に……」

「小鹿さん一人の問題じゃないでしょう。付き合ってるんですから」

それはそうなのだが、千春が一人で勝手に懊悩《おうのう》している問題の責任をユウに押しつけるのは悪い気がする……。

「とにかく、話し合ってみたらどうですかねえ。ユウ君も、実は色々考えてるかもしれないじゃないですか。あ……そういえば、小鹿さんって転勤でこっち来たんですよね？

今後、東京に戻るってことも……」

「あ、はい、一応三年で戻る予定にはなっています……」

「それ、ユウ君に言ってます？」

千春は気まずい気分で首を振った。

「ユウさん、気付いているかもしれないけど、特に何も訊かれたことはないです……」

「話した方がいいと思いますよ～」

「そうですよねえ……」

そこへ、ピンポンという音が聞こえてきた——店ではなく、住居側の玄関に取り付けられた呼び鈴を鳴らす音だ。

「あ、私が」

熊野が腰を上げようとするのを止めて、千春が立ち上がって廊下に出た。

千春は常連がまた一人来たのだろうと思い、玄関ドアを開ける。

するとそこに——。

「あら」

「お久しぶり。パパいる？」

ドアを開けた先に立っていたのは、若い女性だ。大人っぽく見えるが、まだ十六かそこらのはずだ。毛糸の帽子とマフラー、それにダッフルコートを身につけ、そのすべてに粉雪がうっすらついている。目鼻立ちは整って、肌の内側から輝くような、人目を引く美しさがあった。

千春は若くして完成されたその美しさに一瞬見とれ、我に返って問いに答えた。

「いるよ、忘年会なんだよ」

「やっぱりね。家にいないんだもん」

彼女はぶつぶつ言いながら雪を払ってから玄関へ入る。

千春は先に立って廊下を行き、引き戸を開けて室内にいた黒川に声をかけた。

「黒川さん、ほら」

「え?」

めそめそしている黒川に竜ヶ崎が肉を装ってあげているところだった。黒川は千春の後ろから入ってきた女性を見て、目を丸くした。

「えっ、茜ちゃん!?」

若き来訪者——黒川の娘である茜は、父の周りにいた客と熊野に頭を下げた。

「いつも父がお世話になっております」

「茜ちゃん、どうしたの、連絡もないから、パパ心配して……」

「二日前にスマホ壊れたの」

「ええ〜、でも、ほら、それなら電話とか、色々……」

「忙しかったんだもん」

北海道でローカルアイドルとして活躍していた茜は、中学三年から上京して東京に拠点を移し、バラエティや映画など活躍の幅も広げている。忙しいのは事実だろう。

「お仕事は? ロケ入ってるって……」

「入るかも、って言っただけだよ。入らなかった、って二週間前に連絡したでしょ」

「え……あれえ? そうだっけ……」

「まあまあ、こちらどうぞ」

片倉が黒川の隣に座布団を一枚敷いた。茜は片倉を見つめてびっくりした様子で、頭を下げて礼を言い、黒川と片倉の間に入り込んでちょこんと座る。

片倉は、いつものおっとりした調子で茜に話しかけた。

「お父様からお話は伺っていますわ。お父様のおっしゃる通り、本当にお綺麗《きれい》な、しっかりしたお嬢様なのですね」

褒め言葉なら聞き慣れていそうなものだが、茜は照れた様子で恐縮している。

彼女はちらちらと片倉の様子を見て、尋ねた。

「あの……失礼ですが、もしかして占い師のカタリナさんでいらっしゃいますか？」

「あら、わたくしのことご存じだったのですね。こちらでは片倉と呼んでいただいておりますけれど、片倉でもカタリナでも、お好きな方で呼んでくださいね」

「はい！　あの、黒川茜と申します、よろしくお願いします……」

片倉はおっとりと微笑んだ。今日の彼女は黒いレースのベールをかぶり、黒いロングドレスに大粒の宝石をあしらったアクセサリーを合わせている。美しい魔女といった装いだが、彼女の神秘的な雰囲気とよく合っている。

「小鹿さん」

呼ばれて千春は厨房《ちゅうぼう》に通じる戸口を見やった。ユウがこちらを手招きしている。

「宇佐様がいらっしゃってますよ。お弁当を小鹿さんも見たいとおっしゃったと……」

「あ、今行きます！」

千春は腰を上げ、賑《にぎ》やかさを増した部屋を後にした。

店は休憩室とは打って変わって、静かだった。

比較的早い時間だったが、客は宇佐一人で、弁当ももう随分売れて、閉店時刻より早い時間に商品がなくなりそうだった。

「こんばんは、小鹿さん」

宇佐は白いファーがついたダウンジャケットを着ていた。買い物帰りらしく、可愛らしい紙袋を持っている。

「ありがとう、声かけてくれて」

「いいですよ、このくらい」

「お待たせいたしました。こちらになります」

ユウが用意を終えて、声をかけてきた。

彼がカウンターに置いたのは、正方形の容器だ。いつもの白い発泡スチロール製の容器ではなく、重箱のような形で、黒地に赤と金の模様が入っている、ちょっとお高そうな仕様だ。

「ご確認いただけますか？」

宇佐が頷《うなず》くと、ユウは蓋《ふた》を開けた。

「……ん？」

期待に胸を高鳴らせて見守っていた千春は、思わずそんなうめきを漏らした。

容器の中は仕切られず、鯛《たい》や海老を模した『何か』が詰められている。表面はつやつやとして、鯛のようにお節料理を模したものの他、来年の干支《えと》や、梅の花、松などをモチーフにしたものもある。どれも色鮮やかで、細部まで凝っていて可愛らしい。

可愛らしいが……。

宇佐は混乱した様子だ。千春も混乱しながら尋ねた。

「これ……えっと、なんですか？」

「練り切りですよ。中身はこし餡《あん》です」

ユウは平然と語るが、いやいや、お弁当頼んでお菓子出てきたらびっくりしちゃうんじゃないかなあ、と千春は思った。

「正確には、口取り……ですよね」

宇佐がそう言い、千春もその名称を思い出した。

この時期、スーパーではこういったお菓子が売られている。練り切りに加えて羊羹《ようかん》が入っていることもある。口取りとか口取り菓子とか呼ばれていて、千春も見たことがあるだけで、買って食べたことはないが、確かに北海道の年末にはよく見かけるお菓子だ。

「そういえば、口取りってなんなんですか？　こちらではお正月前によく売られてますけど、やっぱりお正月に食べるんですよね？」

「そうですね、こちらではお正月にお節と食べています。和菓子屋さんなんかでも、この時期は特別に作られた口取りが売られていますね」

「はあ、なるほど……」

お正月のデザート的なものなのだろうか。宇佐の反応が気になって様子を窺《うかが》うと、彼女はまだ口取りを見つめて納得しがたい、という顔をしていた。

感想を求められている、と気付いたのか、宇佐は頭に真っ先に浮かんだらしい疑問を口にした。

「これ……どうしてこうなったんですか？」

「宇佐様の思い出を上塗りするインパクトのあるものを、と思いまして」

「インパクトはありますが……でも、お弁当じゃないですし……量が多いです……」

口取りは大きい。普通の上生菓子より大きく、鯛などは千春の拳《こぶし》くらいの大きさがある。しかも今回は、それが九個も入っている。明らかに一人で食べきれる量ではない。

「以前、宇佐様はおっしゃっていましたね。ご実家がお弁当屋さんで、忘年会をするとき……そのとき、かつての客たちがどのような心持ちで来るのか訊《き》いてみたいものだと」

「ええ、そんなようなことを言ったと思いますし、実際そう思っていますが」

そういえば、ユウは宇佐の問いかけへの答えとして作る、というようなことを言っていた。であれば、これがユウの『答え』なのか。

どういう意味かわからず混乱する宇佐に、ユウは提案した。

「それなら、尋ねてみてはいかがでしょうか、直接」

「直接……は、さすがにちょっと。今は客ではないですけど、両親の店の客だったわけですし……」

「では、当店のお客様に尋ねられてはいかがでしょう？」

「……この店の？」

「たまたま、今日は忘年会ですし、これもたまたまですが、僕がお作りしたのは口取りです。本来お正月に食べるものだとは思いますが、今日持っていっても喜ばれると思いますよ」

たまたま……？　偶然ってなんだろうと千春は考えた。勿論《もちろん》これは偶然じゃない、ユウは、最初から、そういう目的で、──つまり、宇佐を忘年会に参加させる口実として口取りを用意したのだろう。

なるほど、強引なやり口はユウらしいが、確かにくま弁の常連と話すのは悪くないかもしれない。毎年の忘年会、集まる常連たちという状況が、宇佐の実家と被《かぶ》る。

「いや、でも……私が行ってもお邪魔でしょう？」

「そんなことはないと思いますよ」

確信めいた笑みを浮かべてユウは言った。

「皆さん気さくで──」

そのとき、突然厨房から休憩室に通じる引き戸が開け放たれ、機嫌の良さそうな黒川が声を張った。

「小鹿さぁん、何してんですか?」

「黒川さん、ちょっと落ち着いて、ほら、お客さんいらしてるんだからさ——」

黒川の背後から熊野も顔を出し、こちらに来ようとする黒川の腕を摑《つか》んで止めた。

「あっ、ごめんなさい、お客さんいたんだ……」

バツが悪そうに黒川が謝り、熊野は宇佐に頭を下げ、黒川を休憩室に引っ張っていこうとした。

だが、黒川が立ち止まってしまう。さっき謝ったのに、今度はなんだ。

「それ、口取りですか？」

「あ、はい……」

「うわあ、綺麗ですねえ～！」

「今、忘年会にお誘いしていたんですよ。お一人では食べきれないとおっしゃるので」

ユウがそう説明すると、黒川はぱっと笑顔になった。

「そりゃいいですね！　是非参加してくださいよ！」

「黒川さん、それじゃ、口取り目当てみたいだよ……」

千春も考えたことを、熊野が口に出した。

黒川はそんなことはないと慌てている。

「いや、だってせっかくほら、食の好みが一致してる者同士で、美味《おい》しいものいっぱいあるから、楽しめるんじゃないかなと……あ、正直口取りは食べたい……食べたいです……」

「……ぷっ」

さっきまで少し難しい顔をしていた宇佐が、噴き出した。

「お邪魔ってことはありませんよ。言った通りでしょう？」

ユウがそう言い、宇佐もこれは認めるしかなかった。

「そうですね。喜んでいただけそうです」

宇佐は考え込み――結局、肩をすくめて笑った。

「じゃあ、今から参加しますのでよろしくお願いします」

「ええっ」

驚いたのは千春だ。宇佐は決して飲み会が好きなタイプではないし、弁当屋の客を交えた忘年会という彼女の『嫌な思い出』に重なる状況だ。参加すれば確かに客側の視点での話を聞けるだろうが――。

「その……宇佐さんは、いいの？」

宇佐が過去を思い出して嫌な気分になるのではないかと懸念した千春はそう確認した。

千春の心配をよそに、宇佐は軽い調子で答えた。

「せっかく作ってもらったのに、自分が何もしないでいるのってどうかなって。長年の疑問が解消できるかわかりませんけど、試すだけ試してみようかなって」

千春は宇佐をまじまじと見て、すっかり感心して言った。

「そっかあ。偉いなあ」

「なんですかそれ」

「うーん、宇佐さんにしたら特別なことじゃないし、普通のことなのかもしれないけど。でも、真面目に自分の問題に取り組もうとしてて……私、宇佐さんのそういうとこ好きだなあ。尊敬できるよね」

しみじみと言うと、宇佐は眉《まゆ》をひそめて千春を見つめる。その顔が、じわじわと赤くなってきた。

「……私は小鹿さんのそういうとこ、苦手ですね……」

「んん!? そうだった? ごめん……」

「いいです、いいです、もうそのままでいてください」

とにかく、と宇佐は咳払《せきばら》いをした。

「行きましょう、ほら、紹介してくださいね。せいぜい私の第一印象良くしてください」

「はいはい、じゃあ、ユウさん、また後で」

「ええ、宇佐様をよろしくお願いしますね」

宇佐は別に宴会を楽しもうとしている様子ではなかったが、千春としては、こうなった以上は宇佐にしっかり楽しんでもらいたかったので、どんと自分の胸を叩《たた》いた。

「勿論ですよ」

「いや、紹介してくれたらあとはいいですよ、小鹿さん」

宇佐は迷惑そうに眉を上げた。

❄

宴会に加わった宇佐は、最初はやはり緊張しているのか口数少なく、常連たちの様子を観察しているようだった。

だが、熊野の寿司とか、すき焼きとか、お煮染めとか、ビールとかを飲み食いしていくうちに、その緊張したような表情も緩んでいった。何しろ、美味しい。しかもそこにアルコールが入るのだ。今日集まった客のほとんどを宇佐は知らなかったが、全員ただのくま弁のファンみたいな人たちなので、好きな弁当はどれかという話から始まり、季節の美味しい食べ物とか、珍しい鍋《なべ》のレシピとか、そういう話に終始している。人の悪口や愚痴が飛び出すこともなく、ほとんどひたすら自分の好きなものの話だから、宇佐も呆《あき》れながらも早なじみつつあった。

「私そろそろ帰ります」

実家暮らしの大学生である佐倉には門限があるそうだ。

日付が変わる前ではあったが、彼女が帰ると言うと、恋人である橘も自分も帰るから送っていくと言って立ち上がった。

「じゃあね、橘君は久々だったねえ、またね」

久々という黒川の言葉で千春も気付いたが、最近橘をあまり見なかった。

そのやりとりを聞く宇佐の表情が、急に強《こわ》ばった。千春は穏やかな雰囲気で忘れていたが、そもそも宇佐は彼女の質問への答えを求めてここにいるのだ。店にあまり来なくなったが忘年会には顔を出す常連という橘は、まさしく宇佐が疑問を抱いている存在だ。

「リハビリしてたんですよ。フットサルでアキレス腱《けん》断裂したんです」

だが、あっさりそう言ったのは、佐倉の方だった。皆驚いているから、橘が慌てて説明する。

「いや、もう平気で……三ヶ月くらい前の話なんで、今は飛んだり跳ねたりできますよ」

「でもそれ大変だったでしょう」

「いやあ、佐倉さんがよくうちにお見舞いに来てくれたし……」

でれでれになった橘はむしろ嬉《うれ》しそうだ。

佐倉と橘が帰り支度をする間、宇佐はさりげない風を装って皆に尋ねた。

「皆さん毎年この忘年会に来ているんですか？」

「そうですね、僕は毎年」

「わたくしは今年からです」

皆口々に答える。

「どうして皆さんここに集まるんですか？　たとえば、佐倉さんと橘さんは恋人同士ですよね。お二人で過ごすっていう選択肢もあったんじゃないかなって思ったんですが」

問われた橘と佐倉は帰り支度の手を一旦《いったん》止めて、顔を見合わせた。

「どうしてって……その方が楽しそうだから？」

「皆さん良い方たちなので……」

二人の答えを聞いて、片倉も考えながら答えた。

「わたくしは、ご縁を大事にしたいと思いましたので……勿論《もちろん》、家族や身近な友人と過ごすという方もいると思いますが、わたくしは家族もおりませんし、今年一年の感謝と来年もよろしくお願いしますという気持ちで参加させていただきました」

「そうそう、縁だよね。まあ、大晦日《おおみそか》に暇な人集まって、って感じだから、別に参加しなかったからご縁がないってわけじゃなくて。たまたま今日暇で、行ってもいいかなって人たちが集まってるんじゃないかな。でも、僕が思うに、そのたまたまが大事なんだなあ」

黒川はよくわからないことを何やら喋《しゃべ》っている。結構酔っているのだと思う。

「何言ってるかよくわかんないです」

千春が率直な感想を言うと、黒川は慌てて説明を追加した。

「いや、だって考えてみてくださいよ。たくさんお店ある中で、この店に入って、弁当買って、それに惚《ほ》れた人たちの集まりなわけですよ。他の店じゃなかったんです。この店だったんです。なんでこの店だったのかっていう理由は色々でしょうけど、結局ご縁ですよね。僕らがここにいるのって、偶然なんですよ。その偶然が良いなあって思ってるから、今日ここに来てるんじゃないかなあ。僕はそんな感じですねえ」

なるほど——。黒川も酔って、多少支離滅裂なところはあり、しかも千春の方も酔っていて理解力が落ちていたが、それでもなんとなく伝わった。

「出会えた奇跡って感じですね」

だが千春がそう言うと、黒川は、げっと声を上げた。

「何それクサイ台詞《せりふ》〜」

「えっ、ひどい……」

宇佐は、まるで独り言のように呟《つぶや》いた。

「何かの事情があって、来られない日が続いても……それでも、くま弁は、特別ですか？　忘年会だけでも来たいと思いますか？」

黒川が目を丸くして答えた。

「そりゃあそうでしょう。だって、そもそも出会いが偶然ですからね。たまたま、行ける時間で、たまたま、家の近所にあった、会社の近くにあった。それがずれちゃうことはあるでしょう。転職したとか、病気したとか、出産したとか、引っ越したとか、色々ですよ。それはしょうがない。でも、縁が切れてしまうのは悲しいし、もし誘ってもらえるなら、年末だけでも顔見に来たいって思うんじゃないでしょうか。僕はそうですね」

宇佐は考え込む様子に見えた。

そこへわいわいと賑《にぎ》やかな声が聞こえてきた。予定の時間よりかなり遅れて、常連の三輪と若菜が現れた。

「こんばんは。遅くなっちゃってすみません」

佐倉と橘は身支度を整え皆に挨拶《あいさつ》すると二人で店を出て、三輪と若菜が空いた空間を埋めた。

「今、どうして今日ここに集まっているのかって話してたんですよ」

黒川が三輪に寿司を勧めながらそう話を振った。

「どうしてって……うーん、私はごはん作るの苦手だし、美味《おい》しいものがあれば行きたくなるから、ですね」

「若菜ちゃんは？」

千春に問われて、若菜はすき焼きの卵を箸《はし》で溶きほぐしながら答えた。

「アタシは、食卓ってこういうものなのかなって」

「こういう？」

「人がいて、色々話してて、それを聞いてるだけでも楽しい」

若菜は綺麗《きれい》に溶いた卵を満足そうに眺めて、小さく笑った。

それを聞いてどう思ったのか、宇佐は黙っている。

それから、煮えた肉を若菜が卵に絡め、一口食べたところで、また宇佐が問いかけた。

「じゃあ、将来、万が一ですけど、店がなくなったら、それでも集まるんですか？」

「店がなくなる？」

訝《いぶか》しげに若菜が口の中で繰り返す。

「そのときも忘年会あるって仮定で？　まあ、来たいと思いますね、僕は」

即答した黒川に対して、三輪はもう少し答えに迷っている様子だった。

「はー、店なくなったらかあ……店がなくなっても来るのは、完全に人と人の付き合いになってるんだなって感じがしますね。うーん、私も来たいですね、やっぱり」

「人と人の付き合い……」

印象に残ったのだろう、宇佐は口の中で小さく繰り返している。

「あ、勿論、店がある限りは買い支えしますよ。この店なくなったら、困るの自分ですからね……」

くま弁がなくなったら食生活が貧しくなっちゃう……と三輪は深刻そうに呟いている。

若菜は口の中に詰めた白滝を飲み込むと、呟くように答えた。

「店がなくなるのは想像したくないけど、でも、それでも忘年会があるなら、ここに来たいな」

「それは、どうしてですか？」

「……ここで出会った人と、また会いたいから」

若菜らしい、素直な答えだ。

それまで黙っていた熊野が、感慨深げに呟いた。

「初めてここでお客さんたちと鍋《なべ》つついたのはもうずっと昔のことさ。俺もあの頃は若かったし、気の合うお客さんもいてさ、時たま一緒に飲んだりしてね。それで忘年会どこでしようかって話になった時、ならうちで、って話になったんだよ」

なるほど、今より若い熊野が同年代くらいの常連と飲むところを想像して、千春はしっくりきた。ここで忘年会、というのは自然な流れだったのだろう。

だが、宇佐はまだ難しそうな顔をしていた。

「でも、そういうお客さんが来てくれなくなったら、辛《つら》くないですか？」

「来店しなくなっちまったらもう仕方ない。結婚とか引っ越しとか、人には色々事情があるからね。それで潰《つぶ》れるなら、問題は、新規の客を呼び込めない店側にあるんだから」

「…………」

熊野は宇佐の事情を知らないのだ。宇佐には熊野の言葉はかなり厳しく響いたのかもしれない。彼女は唇を横一文字に引き結び、黙り込んだ。

熊野が杯を傾け、ぬるめに燗《かん》をつけた日本酒を嘗《な》めるように飲む。

「まあ、でもたとえ間遠くなったとしても、また来てくれたら嬉しいよ。ずっと昔に引っ越して、でも何年も経ってから家族連れで来てくれたりね」

「……店が潰れたとしても、同じこと言えるんですか？」

宇佐のこだわりを訝しく思ったのか、熊野は宇佐をじっと見つめた。

だが、特に事情を聞くわけでもなく、微笑んで答えた。

「店ってのは、俺の人生の全部じゃないよ。一部なんだ。お客さんとは店をやっている間に知り合うわけだけど、その付き合いが店やってる間だけのこともあれば、互いになんとなく気が合って、店を止めたあとも続くことだってあるだろうよ。この店をやっていけなくなったとしても、それまでの間に手に入れたものまで投げ捨てなきゃいけない道理はないんだ……もし、捨てろって言われたって、俺はごめんだね」

熊野の言葉を聞いて、宇佐はしばらく黙っていた。熊野の言葉を——そして若菜や他の常連たちの言葉を、彼女はどう受け取ったのだろうか。父と母と客たちの関係を、彼女なりに受け入れられるようになるのだろうか。

そういえば、客の立場ではあるが、茜も宇佐同様『娘』だ。宇佐が共感しやすい答えを彼女なら出せるのではないかと考えて、千春は茜を振り返った。

「茜ちゃんは——」

だが、茜は、すでに座ったまま半分寝ていた。

黒川は時計を見た。

「ああ、もうこんな時間か。そろそろ帰ろうか、茜ちゃん」

肩を揺すられ、茜が一度目を開け、それからまばたきして驚いたように飛び起きた。

「え、でもパパ、まだユウ君来てないよ」

「だって、茜ちゃん、もう眠いでしょ」

宇佐がそのやりとりを見て、ユウから渡された口取りの入った容器を出す。

「すみません、出しそこなっちゃって。これよかったら……」

口取りは甘いので、デザートとして食事が少し落ち着いてから出すつもりだったのだろう。色とりどりの可愛らしい口取りを見て、茜がわあっと声を上げる。

「口取りね。可愛い」

「いいねえ〜、お正月っぽさ出てきたなあ。茜ちゃん、パパと半分こする？」

スタイルを気にしている茜のためだろう、黒川がそう誘った。

「いいよ、じゃあその梅の花もらっていい？」

千春も一つもらうことにして、海老《えび》を模したものに手を伸ばした。皆に行き渡った後、宇佐は鯛《たい》の形をした口取りを自分の皿にそっと載せた。

ピンク色のうろこが描かれたそれの、真ん中に宇佐はすっと和菓子切りを差し入れた。切った断面にはこしあんが見える。一口大にして口の中に入れて、目を閉じる。

しばらく咀嚼《そしゃく》して、目を開けた宇佐は、はにかむように笑った。

「甘い」

人は甘いものを食べた時、こんな顔をするのだったか。

口の中で溶けて消える口取り菓子のように、優しく、甘やかな笑み。

その笑顔は、宇佐には珍しい種類のものだった。

千春の視線に気付いて、宇佐は目を上げ、照れた様子で、何やら言い出した。

「思うんですけどね、小鹿さん」

「ん？」

「くま弁は、良い店だけど、営業中の店にお客さんが来るのは当たり前っていうか。実家の店は、潰れちゃったけど、それでもまだ昔のお客さんが来て、宴会していくわけですよ」

「うんうん」

「さっきの言葉を借りるなら、『人と人の付き合い』になっちゃってんですねえ、きっと。両親が店をやっていたのは確か十年かそこらですけど、店を超えて、そういう結びつきができていたっていうのなら……それは、しょうがないですよね」

自分に言い聞かせるような、どこか嬉《うれ》しそうな声だった。

千春ももううろ覚えだが、宇佐は以前、くま弁への愛を語る千春を見て、この店は幸せですね、と呟《つぶや》いていた。

年末の忘年会について文句を言っていた宇佐も、心のどこかで、両親の店が幸福だったことを――両親が店を開いて、得たものが確かにあったのだと、そう信じたかったのだろう。

宇佐はしみじみと口取り菓子を味わい、時折顔を上げて、皆が食べている様子を眺めている。それは、どこか幸せそうな――以前より晴れ晴れとした表情に見えた。

千春も口取り菓子の海老の頭のところを切って、口に入れた。

上品な甘さが口の中で溶けてなくなる。口の中にお正月がやってきた――日付が変わるまで、ほんの少し、あるけれど。

熊野がいつの間にかお茶を淹《い》れてきて、全員に配ってくれた。

千春にとっても、初めて食べた口取り菓子は、なんとも晴れやかな味わいで、自然と心がほぐれるようだった。

「くま弁の袋ですけど、これユウ君が作ったんですか？」

黒川が、宇佐が取り出した袋を見てそう尋ねた。

「そうですよ」

ひょいと厨房《ちゅうぼう》から顔を出して答えたのは、ユウだ。

「あ、ユウ君、仕事終わった？」

「はい」

「なんでも作るね、君」

「今年の正月もうちで食べたじゃないですか、黒川さん。あれ僕が作ったやつですよ」

「えっ……あ、そうだったの。気付かなかった……っていうかユウ君遅いよ～もうお肉あらかた食べちゃったよ」

「お開きの流れでした？」

ユウは厨房から大皿を持ってきていた。それをちゃぶ台に置くと、わっと周囲から声が上がった。

「ローストビーフ！」

大皿には、ピンク色に焼き上げられたローストビーフが、美しい円を描いて盛り付けられている。ひと目見ただけで嚙《か》み締めた肉の味を想像してしまい、千春の口中にはよだれが溢《あふ》れた。ローストビーフは切断面が見えるように盛り付けるため、ステーキよりも視覚に訴える部分が強いような気がする……。

気付くと食べ過ぎを気にしていた茜も、じっとローストビーフを見つめている。

「……茜ちゃん、食べたい？」

千春が聞くと、茜はこくこくと頷《うなず》いて、先ほど帰ろうと言っていた父を振り返った。

「パパ、いいでしょ、大晦日《おおみそか》なんだし！」

「……わかった、わかったよ、いいよ。もう少し残っていこう」

黒川はそう言い、苦笑して娘のためにローストビーフを一枚皿に装ってやった。

茜は目をきらきらさせながら、ローストビーフにユウ特製ソースを添え、箸《はし》で食べる。小さな口で大きな一口。幸せそうに、目を細める。

うらやましくなった千春も急いで自分の皿にローストビーフを一枚取って、こちらは山わさび醬油《しょうゆ》を添えていただく。肉は思っていたよりもずっと軟らかく、しかし確かにローストビーフらしい肉そのものの味ががつんと口の中に広がる。焼くときにまぶした香草類と、つんとくる山わさびの風味がちょうどいい清涼感を添えている。

「美味《おい》しい〜！」

今日はごちそうだらけだ。なんて贅沢《ぜいたく》な日だろう。

次々出てくるごちそうをわいわい騒ぎながらおなかに納めていくのは、はっきり言って最高だった。

そして付けっぱなしにしていたテレビから新年を伝える声が聞こえてきて、誰もが口の中の肉やらアルコールやらを飲み下してから、口々におめでとうと言い合った。

日頃の疲れが出たのか、茜はローストビーフを食べ終えたかどうかというところでうとうとし始め、黒川に連れられて帰ることになった。

眠そうな茜は隙なく振る舞う普段より、幼く見える。

「大丈夫？　忘れ物ない？」

千春は荷物を持って玄関まで見送った。

茜は眠そうな顔で頷いた。

「たぶん大丈夫、何かあってもすぐ近くだし」

「どうもありがとうね、小鹿さん」

黒川は礼を言って茜の荷物を受け取ると、じっと千春を見つめた。

何を言われるかと千春が身構えていると、黒川は両手を胸の辺りに構えて、握りこぶしを作って見せた。

「頑張って、小鹿さん！」

「！」

ユウのことだ、というのはすぐにわかった。

千春はこくんと頷いて、同じようにファイティングポーズを取った。

「やりますよ、私は！」

大真面目なやりとりだったのだが、玄関から出てきた宇佐に目撃されてしまい、訝《いぶか》しげな目を向けられた。

「酔ってますね」

「いや、まあ、酔ってるけど……」

「私、帰りますね」

「あ、うん。交通機関大丈夫？」

「はい、まだ大丈夫ですから地下鉄使います。じゃ、今日はありがとうございました。失礼します」

あっさりとそう言っただけで、宇佐は地下鉄の駅へ向かって歩き出した。

だが、すぐに立ち止まる。電話をかけるためのようだ。

「……………あ、お母さん？　うん……あけましておめでとう」

電話口の相手へ話しかける、宇佐の声が聞こえてくる。

「もしもし？　声……うん、そう、うるさくて聞こえないよ。また来てるの？」

くすくすと宇佐が笑う。どうやら実家の方も、忘年会兼新年会の開催中らしい。

「……ねえ、明日《あした》、っていうか、もう今日だけど、帰ってもいい……？」

穏やかな声に思わず千春は笑みを漏らし、そっと玄関扉を閉めた。

❄

最後に帰ったのは三輪と若菜と片倉の女性三人だった。

熊野を含めた全員でわいわいと片付けて店の外に出ると、凍《い》てついた空気が酔いのために上気した頬を撫《な》でて心地よかった。

普段なら終電も終わっている時間だったが、初詣《はつもうで》に行くのかこれから帰るのか、今日はまだ人通りがある。女性たちは全員徒歩圏に住んでいるので、歩いて帰るという。

「じゃあねえ」

「今年もよろしくね」

「また来年お会いしましょうね」

最後のはちょっと酔っ払ってろれつが怪しくなった片倉だ。来年じゃないでしょ、もう新年ですよ、どうせまた来週お店で会うでしょ、と三輪と若菜から交互に言われている。

千春も手を振って三人を見送った。

「それじゃ、どこの神社行きましょうか」

ユウにそう言われ、千春はユウを振り返る——が、つるりと滑って、身体が急に宙に浮く。

「おあっ」

変な声が漏れたが、尻餅《しりもち》もつかず頭もぶつけなかったのは、ユウが支えてくれたおかげだ。

「大丈夫ですか？」

「はい、はは、すみません」

危ないところだったというのに、なんだかおかしくてくすくすと笑ってしまう。そんな千春を見て、ユウは顔をしかめた。

「……近くの神社にしましょうか」

「え？　どうしてですか？」

「酔ってるでしょう、千春さん」

「いやあ、まあ……でも平気ですよぉ」

「………」

何も言わず見つめられただけだが、酔っ払いは大抵そう言いますから、というユウの無言の非難を感じる。

「あの、私、北海道神宮《ほっかいどうじんぐう》とか行ってみたかったんですけど」

「近くの神社に参拝するのも大事ですし、いいものですよ」

「でも……ほら、お店出てたりとか楽しそうで」

「ならまた後日行きましょう。今日はもう駄目です」

「………」

北海道神宮は北海道開拓期に建立された神社で、かつては札幌神社と呼ばれた。地域の中心的な神社であり、夏の例祭は札幌でも最大規模の祭りだ。初詣の参拝客も多く、千春はどうせ行くなら出店も楽しめる北海道神宮にしたいなという思いがあった。

不満そうな千春の顔を覗《のぞ》き込み、ユウは切々と訴えた。

「人も多いし、途中で気分が悪くなったら大変でしょう。そんなふらついていて、転んでしまうかも。千春さんが心配だから、やめてください」

「う……」

真っ正面からそう言われると、駄々をこねることもできない。

「わかりました……」

「それじゃ、行きましょう」

ユウが千春に手を差し出す。千春はその手を取り、二人で真夜中を過ぎた路地裏を、ゆっくり歩き始めた。

ユウにはああ言ったが、やはり千春は酔いを感じていた。時折足元がふらついたし、どこを歩いているのか、すぐにわからなくなった。

普段ならとっくにひとけがなくなっているはずの道に人がいて、気付くとそれが結構な数になっていて、神社に近づいたことを知った。有名神社の初詣ほどごった返しているわけではないが、真夜中の神社の境内にこれだけ人がいるというのは、この夜だけのものだろう。

手水舎《ちょうずや》で清めてから拝殿へ向かうが、何しろ身を切るような冷たい水で手を洗った上、さらにその手を氷点下の空気にさらすので、指がちぎれそうなくらい痛かった。

その冷たさのおかげだろうか。

(そうだ、訊《き》かないと)

熱に浮かされたような頭の中で、かろうじてその思いが浮き上がってきた。

「千春さん、ほら」

ふと気付くと千春は五円玉を握りしめていた。そういえば、今日はお賽銭《さいせん》のためにわざわざお金を崩して五円玉を確保していた——それを、思いのほか近くにあった賽銭箱に投げ入れる。

二礼二拍手一礼——頭の中で習い覚えた礼儀が顔を出し、ばたばたとお辞儀をして、二度手を叩《たた》く。願い事も報告すべきことも頭の中でぐちゃぐちゃになっていて、なんと訴えたものかよくわからない。

手水を使って以来手袋を外したままの手が、水の冷たさと空気の冷たさでじんじんと痛む。ちらりと盗み見ると、隣でユウが目を伏せて手を合わせている。

すぐに彼は目を開けて、一度綺麗《きれい》な姿勢でお辞儀をすると、千春の方を見やった。

「行きましょうか」

「はい……」

頭がぼんやりしていて、結局千春は、ユウになんと訊こうと思っていたのか、思い出せないまま、鳥居をくぐった。

「……」

かじかんだ手に息を吹きかけていると、ユウが千春の手を取って、熱い息をそっと吹き込んでくれた。びっくりしていると、目が合ったユウは照れたように笑った。千春は酔いのせいか、それ以外のもののせいか、頭がくらくらして、すっかりまともな思考ができなくなっている。

「ユウさんは……なんて、お願いしたんですか？」

「さっきのお参りですか？　僕は、ただ、千春さんと穏やかに過ごせますように、と」

彼は相変わらず照れくさそうで、それでも千春を見て、真摯《しんし》にそう言ってくれた。

それなのに、千春の頭の中は変な考えが浮かんでしまう。

穏やかにというのはどういうことだろうか。波風を立たせたくないのか。たとえば将来のことは、やっぱり彼にとっては一波乱ある話題なのではなかろうか——。

だがそう思った直後に、別の考えがまた浮かぶ。

いや、いや、ユウのことだ、千春よりよほど先のことまで考えているのではないか？

そう、では、仮に考えていて——それを口にしないのは、あまりよくない話だから？

穏やかとはいかない話だから？

だが、その考えを、千春は必死で否定する。こうやって決めつけるのはよくないことだ。はっきり訊いてみなければ、何も確かなことは言えないのだ……。

「千春さんは？」

「私は……」

訊こう、訊こうと思うのに、声が出ない。

そもそも、千春の中でだって、明確に答えが出ていないのに、彼に問いを発するのは、ためらってしまう。

千春は結局、もごもごと言った。

「なんか、よくわかんなくなってしまって。うまく、お参りできませんでした……」

「うまいとか、下手とか、そういうのはないでしょう、お参りに」

「はい……」

ユウは千春を見やり、何か考え——提案してきた。

「こういうのは、どうでしょう」

「？」

「飛行機の時間まで、一緒に過ごすんです。空港まで見送りにも行きますよ」

「飛行機……朝の八時半です……」

「じゃあ、それまで一緒に過ごすとなると、あと六、七時間ありますよ。電車の時間には僕が起こしますから、千春さんは寝ててもいいです。それじゃ寝られないというのならやめておきますけど――」

「一緒に過ごしたいです」

千春は口にしてから、これでは重すぎるかなと思って、言い直した。

「あの、一緒に過ごせたらいいなと思いますし、そうでなくとも、私はユウさんと一緒だと少しの時間でも嬉《うれ》しいです」

「いいですよ、僕も千春さんと一緒にいられれば嬉しいですから」

ユウは千春と手を繋《つな》いで歩く。

ユウは優しい――優しさが溢《あふ》れて、千春も人に優しくなれそうな気がしてくる。彼と二人並んで歩くのが嬉しく、彼と同じ場所に帰れるのが嬉しい。それと同時に家族とはなんだろうかとか、彼と家族になったらどんなだろうという問いが胸でぽつぽつと生まれては、うまく答えられないまま消えていく。

「好きです、ユウさん」

自問自答の海で溺《おぼ》れそうな中、あえぐように息継ぎして、千春はそう発した。

ユウは酔っ払いの戯言《たわごと》と呆《あき》れずに、嬉しそうに笑って頷《うなず》いた。

「僕もですよ、千春さん」

千春は胸がぎゅうと締め付けられるように詰まって、それが愛《いと》おしいということなのだと気付いた。

ずっと一緒にいたくて、繋いだ手がお互いの手袋に隔てられているのがもどかしく、千春は手袋越しに指を絡めた。ユウは気付いて、ちょうど千春のマンションの前だったので立ち止まる。

ひとけのないそこで唇を重ねて、千春はユウの肩口に顔を埋《うず》め、呼気と一緒くたに呟《つぶや》きを漏らした。

「酒臭くてすみません……」

ユウは笑って千春の髪を梳《す》いていた。

•第三話• スケートリンクのしばれいなり寿司

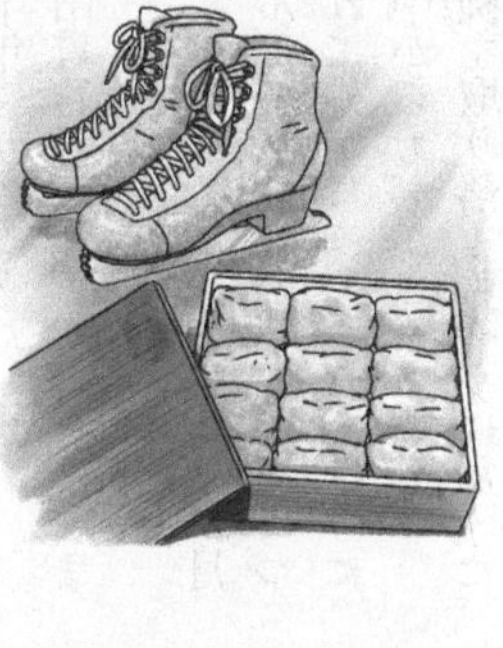

元々くま弁は精肉店だったそうだ。跡を継いで店を切り盛りしていた兄が急逝したせいで、継ぐ気のなかった熊野が札幌に戻って店を継いだのだが、手作りのコロッケやメンチカツが評判で、どうせならと弁当屋として再出発し、それが地域にも受け入れられて三十数年、今に至る。

そのくま弁開店当時の客に、木津根《きづね》という男性がいた。当時は木津根も二十歳そこそこの学生で、バイト帰りにくま弁の格安コロッケを買っていったものだという。

だが、木津根はある時を境に突然店に来なくなる。後から聞いたところによれば、大学を辞めて市外に転居してしまったという。

この木津根が、一昨日《おととい》になって熊野を訪ねた。およそ三十年ぶりのことだ。

「それで懐かしくて色々話したんだけど……転居する前に田貫《たぬき》君と喧嘩《けんか》して、そのまま連絡も取っていないっていう話でさ」

くま弁の定休日、遊びに来た千春は、休憩室でお汁粉をごちそうになっていた。二月に入ったばかりの札幌は寒さも厳しく、外にいると吸い込んだ空気で骨の芯《しん》まで凍《い》てつくようだ。その凍《こわ》って強ばった身体が、部屋の暖気に包まれて外からほぐされ、さらに熱いお汁粉をふうふう息を吹きかけながらいただくことで中からも溶かされていく。

だが、世間話に知った名前が混ざり込んでいて、千春は椀《わん》を取り落としそうになった。

「田貫さんですか？　あの、駅前の田貫堂書店の……」

「そうそう、その田貫君」

豊水すすきの駅近くの田貫堂書店は、あまり広くはないが千春好みの海外翻訳小説が充実していて、会社帰りによく利用する。

田貫は五十代くらいの恰幅《かっぷく》の良い男性だ。欲しい本を探しているとどこからともなく現れてスッと目当ての本を差し出してくれる。話好きでもあり、千春は店に行くと欲しい本とさらに店主による関連オススメ本を買って帰ることになる。

「田貫君ね、さっき言っていた木津根君の親友で、その頃からうちにもよく一緒に来てたんだ。彼もやっぱりコロッケ買い食いしていってねえ」

「そうだったんですか。今はよく玉子焼き買われていきますよね」

「そうそう、さすがにコロッケの買い食いはやめたみたいだよ。晩飯用意して待ってるかみさんに怒られるって……まあそれで、俺もちらっと話は聞いてたけど、まさかあんなくだらないことでそんな長々と喧嘩するとは思ってなくて……」

「『あんな』？」

あんなくだらないことで……という口ぶりからすると、熊野は事情を知っているらしい。

熊野は漬物をぽりぽりと囓《かじ》り、鼻から溜《た》め息《いき》に似た息を押し出した。

「いやあ、喧嘩の原因、いなり寿司らしくてね」

「へっ？」

千春は顔をしかめて変な声を上げ、お茶を淹《い》れ直していたユウも不思議そうな顔で小首を傾げた。

「それ、どういうことでしょう」

「俺も田貫君の妹さんから聞いた話なんだけど――」

そう前置きして、熊野は三十数年前の話を再開した。

「田貫君は弟妹《ていまい》が多くてね、一番下の弟さんが通う小学校で、スケートリンクを作ることになったんだ」

「……作る？」

「校庭の雪を踏み固めて、そこに何回も水を撒《ま》いて、凍らせるんだよ。作るのも手間がかかるけど、維持管理も大変だから、冬休みの間は父兄も当番制で出てね。で、それを田貫君が手伝うことになって、田貫君の一個下の妹さんと、友達の木津根君も朝から一緒に行った。そこに妹さんが軽食としていなり寿司を持っていったわけだよ。体育館が休憩用に開放されていたから、一仕事終えた彼らは荷物を持って移動して、妹さんが出したいなり寿司を食べることになったんだが、田貫君と木津根君のどちらが最後の一個を食べるかで争いになって、どちらも譲らず……」

千春は話の続きを待ったが、熊野の話はそれでおしまいだった。

「えっ……いなり寿司一つで生涯にわたる喧嘩したんですか⁉」

「そう」

熊野は頭が痛そうな顔で額を押さえた。

「この話を聞いたのが、三十年以上前だよ。まさか俺もこの喧嘩がずっと続くなんて思ってもみなかったから、あほなことしてるなあなんて思って静観してたんだよ……妹さんは心配してたんだから、俺も当時もっと真面目に話聞いてやりゃあよかったよ」

そりゃそうだ、まさかいなり寿司一つで三十年以上引きずるとは思うまい。

「そんなに美味《おい》しかったんですかね……？」

千春は呟いたが、どれほど美味しくとも、普通二十歳過ぎた人間がいなり寿司で友情にひびを入れたりはしないと思う……。

「俺も、そのうちまたいつもみたいに一緒に店に来るだろうって思って何もしなかったから、責任を感じてるんだ。それで、今更なのはわかっているんだけど、どうせなら木津根君が札幌にいる間になんとか、和解できないものかと思ってね。今、仕事で来てて、来週末までいるらしいんだけど」

「なるほど……」

熊野の気持ちはわかるが、そうは言っても三十年だ。もう今更というか、本人たちはどう思っているのだろうか。

「それは、木津根さんから頼まれたんですか？」

同じようなことを考えたらしいユウがそう確認した。

「いや……ただ、木津根君もあの兄妹《きょうだい》を気にかけてはいた。二人はどうしているかってね。懐かしそうにさ……。それを見てたら、彼らにもう一度会って欲しくなったんだ」

「直接そう言っては……」

「言ったんだけどな。それはもういいんだって言うばかりでな。田貫君の方にも、何回か会ってみたらどうだいって誘ったんだけど、そっちも同じような反応で。今更もういいってよ。で、しょうがねえからこう言ったんだよ。試食会やるから、一度遊びに来いって」

「………はい？」

千春とユウが聞き返した。

「ああ、なるほど。千春の方は納得してしまう。

「そう。木津根君は最初は渋っていたけど、一回ユウ君の弁当食ったら、来るって言ってくれたよ」

「弁当で釣ったんですか……？」

ユウが信じがたい、という声で訊《き》いた。

「試食会なんて予定ないですよ？」

「まあ、ほら、そこはなんとか……」

「なんとか……？」

「頼むよ。試食会って名目だから、弁当用意してほしいんだ」

「…………」

熊野は手を合わせてユウを見やった。熊野がひとに何かを頼む、というのはほとんどないことのような気がする。ユウは驚いた様子で絶句していたが、悪い気はしなかったらしく、どこか照れた様子で頰を掻《か》いた。

「いいですけど……でも、食べたからって仲直りできるわけじゃありませんよ」

「いや、顔さえ会わせればなんとかなるだろう。たぶんこう、派手に喧嘩するなり、昔を懐かしむなり、なんなりすれば、会わない今よりは納得できる状態になるんじゃねえかと思うんだ」

「そんなものですかね……？」

千春は首を捻《ひね》りながら呟《つぶや》いた。

「じゃあ、何かメニュー考えておきます」

「そうしてくれるかい？　ありがとうな、ユウ君」

熊野は禿頭《はげあたま》をつるりと撫《な》で上げ、歯を見せて笑った。

ミニキッチンで、ユウが食器を洗い、千春がそれを拭《ふ》いていた。

話の後、熊野はいつものスーパー銭湯に出かけて行った。こんな寒い日に、と千春は思ったが、こんな寒い日だからこそいいんだと熊野は語っていた。

千春は、石油ストーブでしっかり暖められた部屋で、後片付けだ。

札幌の一戸建ての家屋では、家の外に灯油を入れるタンクがあり、そこから室内のストーブへ灯油が供給されるし、給排気筒経由で空気の取り込みと排出を済ませることができるから、換気の必要もない。その上暖房能力が高く、凍てつく部屋を半袖《はんそで》で過ごせるほどの室温まで暖めることもできる。

さすがにくま弁の休憩室はそこまでの室温ではないが、それでもお汁粉を食べて温まった千春は少し頬が火照《ほて》っていて、キッチンの足元の冷たさが心地よく感じられた。

「ユウさんは、木津根さんって人には会ったんですか？」

「僕はそのとき出かけていたので、会っていないんです。携帯の番号は熊野が教えてもらっているって話ですから、当時の話を聞くことはできると思います」

木津根と田貫双方から話を聞いて、和解できないか探るのだろう。何か糸口になるものがあればいいのだが、何しろ三十年も前のことだ。

「三十年も前のことでそこまで喧嘩《けんか》できるものなんでしょうか」

「原因と関係性次第じゃないでしょうか」

どうもそこが千春は気になった。『いなり寿司の最後の一つをどちらが食べるか』という原因の軽さと、『親友』という関係性の重さが随分とちぐはぐではなかろうか。

「たとえばですけど、他に原因がある……とか」

「それはあり得るでしょうね。熊野も田貫さんの妹さんから、それも三十年前にお話を聞いただけということですから……」

ユウは呟いて、何か考え込むように黙った。

……どうも、ユウは単に弁当を作るだけのつもりではないようだ。

「ユウさん、何か考えてます？」

「え？」

「……二人を仲直りさせようとか？」

「うーん……」

ユウは唸《うな》って、洗った皿の水を切る。皿を受け取った千春が拭いて、棚に戻す。

「熊野に何か思うところがあるんだろうな……とは推察しています」

「熊野さんがああいうふうにユウさんに頼むのって初めて見た気がします」

「そうですね、あまり無理を言う人ではないので……」

ユウは語りながら、ちょっとはにかむように笑った。

「でも、なんだか嬉《うれ》しくて。頼ってもらえたのかなと思うと」

「……よかったですね」

「だからこそ、僕にできることはやりたいなと。気に入っていただけるお弁当を作って、せめて場をなごやかにしたいですね」

「そうですねえ。取り合いするくらいですからいなり寿司がお好きなのかな、とは思いますけど……喧嘩の原因でもあるので、いなり寿司出すとまた喧嘩しそうですよね」

「そうですね……そもそも、喧嘩の原因が本当にいなり寿司なのか、他にもあるのか、確かめるべきでしょうね」

なるほど。千春は納得し、申し出た。

「じゃあ、私にも何か協力させてください。熊野さんには、私もお世話になってるんで」

千春がそう言うと、ユウも嬉しそうだった。

「まず、もう少し事情を知りたいですね」

「そこですよね。ご本人たちが、仲直りに乗り気じゃないからどうしたらいいのか……」

「そうですね、お二方とも、熊野から仲直りの打診をしても積極的な感じではありませんでしたね。今回はあくまで試食会という前提を崩さないよう、ご本人たちから当時のことを聞き出すのはできるだけ避けた方が無難でしょうね。好き嫌いくらいは訊いても怪しまれないと思いますが……」

「ご本人たちの他だと、常連さんとかなら当時の事情知ってますかね」

「そうですねえ……」

ユウは食器を洗い終えると、手を拭きながら、考え込む様子で眉根《まゆね》を寄せた。千春をちらりと見て、その表情から、千春は互いに同じ人物を思い描いていることをなんとなく察した。

「まあ、あの人には僕からメールでもしてみますよ。さすがに三十年前から常連ってわけじゃないと思うんですけど……」

「でも、直接は知らなくても詳しい人知ってそうですよね」

「そうなんですよね。熊野より詳しそうで。あの交友範囲の広さは純粋にすごいです」

感心したようなユウを、千春はまじまじと見てしまう。

「？　どうかしましたか」

「いや……普通に褒めたなあって」

「はあ？」

「だってユウさん、普段は年上相手なのに扱いが雑っていうか。でもちゃんと普通に褒めるんですね、ご本人がいないと」

「……本人の前で褒めると反応が鬱陶《うっとう》しいですから」

千春は想像して、思わず声を漏らして笑った。

「『あの人』には僕が褒めたなんて言わないでくださいね」

ユウは照れた様子で、口元に指を一本当てた。

『あの人』こと黒川はくま弁の常連であり、ユウの年上の友人だ。気さくな質《たち》で、くま弁に通う常連客のことならだいたい知っている。

その日も仕事帰りに店に立ち寄った黒川に、千春は田貫と木津根のことを話した。

「ああ、田貫さんのことね、ユウ君から聞きましたよ。そんな昔からくま弁通ってたとは知らなかったなあ。僕が学生やってた頃は、時々コロッケ奢《おご》ってくれましたよ」

さすが、すぐに答えが返ってきた。

「でもねえ、僕木津根さんは知らなくて。僕が通うようになる前の話なんですよね」

「ああ～、三十年以上前って言ってましたもんね」

「そう、さすがにその頃僕小学生だったので……田貫さんにはもう話聞いたんですか？」

「ええ、熊野さんが。でも、あんまり……他に当時のこと知ってる人とかご存じないですか？」

「そうですねえ、妹さんとかどうですか？　今は結婚して山田《やまだ》さんっておっしゃるんですよ。まあ離婚したんで、旧姓に戻っているはずですけど、お店やってるのもあって、もう通《とお》り名《な》になってて」

「でも、妹さんからはもう話を聞いているんですよね」

「三十年前でしょう？　熊野さんだって、ちゃんと覚えてないかもしれませんよ」

なるほど、言われてみればそうかもしれない、と千春が納得しかけた時、黒川が顔をしかめた。

「あ……でも、あの兄妹《きょうだい》仲悪くて。話してくれないかな、お兄さんのことは」

「仲が悪いんですか？　三十年前は、一緒に末の弟さんのスケートリンクの手伝いに行ったって……」

「へえ、そうなんですか。でも、今は顔も合わせないくらいですよ」

「そんなに……」

「僕が知る限りはそうだから……もう二十年か、それ以上になるんじゃないですかねえ？」

「……それ、何か原因あるんですか？」

「さあ……？　そういえば聞いたことないですね。性格が合わないとかいうなら、昔から不仲そうなものですけど、お弁当持ってわざわざ一緒に弟さんの小学校まで手伝いに行くなんて、仲良さそうな話ですね……？」

何か、原因となる事件でもあったのだろうか。

それにしても、と千春は黒川を見つめる。

ウェーブする長めの髪を撫《な》でつけていた黒川は、千春に見つめられていることに気付いて首を傾げた。

「ん？　どうかしました？」

「いやあ、本当に黒川さんってなんでも知ってるなって……ユウさんも褒めてましたよ」

「えっ、珍しいですね」

言うなと言われているが、黒川も時々はユウからの信頼を言葉で伝えられてもいいはずだ。

黒川はニヤニヤ笑ってユウを見やり、カウンターのユウがそれに気付いてぎょっとした顔をするのを見て、また笑っていた。

山田鷹子《たかこ》と名乗った女性は、黒川からの電話で事情を知ってやってきたと言った。落ち着いたシックな装いをして、サイドをごく短く刈り上げたショートヘアをアッシュ系の色に染めている。駅前でブティックを経営しているという話で、立ち居振る舞いは若々しく見えた。

千春は鷹子とは数度顔を合わせたことはあるが、言葉を交わしたことはなかった。田貫の妹ということだが、兄の田貫は恰幅《かっぷく》が良い男性であるのに対して、彼女は痩《や》せていて、あまり似たところは見当たらなかった。

挨拶《あいさつ》し、ユウを交えて話すことになり、とりあえずユウの仕事が落ち着くまで待つと鷹子が言ったので、千春が休憩室に案内した。

「今、お茶お出ししますね」

千春はミニキッチンで茶を淹《い》れて鷹子の前に出した。鷹子は千春を見つめる。

「確か、お客さん……ですよね、従業員の方ではなくて。あなたが木津根さんと兄のことについて知りたい……のでしょうか」

「いえ、私ではなくて、大上《おおかみ》さんが知りたいんです。私はただのお手伝い……というか、お節介というか……」

自分でもその表現はどうかと思ったが、他にしっくりくる説明が思いつかない。

何故か鷹子はふふと小さく声を上げて笑った。

「あ、ごめんなさい。ちょっと懐かしくて……」

「懐かしい？」

「お待たせしてしまい申し訳ありません」

ユウがやってきて、鷹子に謝った。

「いえ、こちらこそ突然すみません」

「あ、それじゃあ、私帰りますね」

千春はユウに引き継いで帰ろうと腰を上げた。何しろ部外者だ。

「あら、よかったらいてください」

「え？」

「こんなのただのお節介だって、そう言って親切にしてくれた人が昔いたんですよ」

鷹子はそう言って、さっきのようにふふと小さく声を上げて笑った。

「熊さんです」

常連の一部は、熊野のことを熊さんと愛称で呼ぶ。

「ああ……」

さっきの鷹子の言い方は、いかにも熊野らしくて、容易に熊野の声で想像できた。

全員が座り直すと、鷹子は改めて千春とユウの顔を見て尋ねた。

「それじゃ、木津根さんと田貫さんのことについてですけど……三十年前の喧嘩《けんか》の原因、どうして知りたいんですか？」

「実は、熊野からお二人を招いての試食会を頼まれていまして……」

ユウは一通りの事情を説明した。

「その試食会で、弁当をお作りするんですが、何をお作りしようかと……私どもとしては、これを機会に少しでも旧交を温めていただければと考えています。ただ、いなり寿司はお二人ともお好きなようですが、三十年前の喧嘩の原因が本当にいなり寿司なら、避けた方がよいのかとも思いまして」

「えっ……喧嘩の原因はいなり寿司なんかじゃありませんよ」

鷹子はそう言った。

「え？　でも、確か熊野さんが当時妹さんから教えてもらったと聞いていますが……」

「あっ」

と言うやいなや、鷹子は口元を押さえた。

「そうでした。失礼しました、確かに、あの頃私から熊さんにはそうお伝えしたかもしれません……ですが、実はそうではないのです」

「それは、一体……」

「……私のせいです。私に勇気がなかったせいで、他の人のせいではないんです。熊さんはもしかしたら責任を感じていらっしゃるのかもしれませんが、私なんかのためにこんなことなさらなくても……」

「熊野の責任、ですか」

「はい……勿論《もちろん》、熊さんが気に病むことなんてないのですが、それでもたぶん気にしていらっしゃるのでしょうね。だからこんなふうに、あの二人を仲直りさせようなんて考えたんだと思います」

「……詳しいお話を伺ってもよろしいでしょうか？」

「え……あ、知らされていなかったのですか？」

驚いた様子で、彼女は目を丸くして、それからおずおずと、遥か昔のささやかな嘘を告白した。

「私が持っていったいなり寿司……実は、熊さんが作ったものなんです」

千春もユウも少しの間沈黙した――若い鷹子が自分の料理の腕前に自信が持てず、見栄を張ろうとしたさまは、容易に想像できた。勿論、別に嘘なんか吐かずにここの美味《おい》しいからとか言って持っていけばよかったのだろうが、『手作りの弁当を持っていく』という形が最初にあって、それにとらわれてしまったのだろう。

そして、熊野は、自分が作ったいなり寿司が原因で二人が争った――と聞かされたのだ。当時はそんなことで、と思ったとしても、三十年経ってもまだ争っていると知らされた。さすがに驚き、申し訳ないような気持ちになったとしてもおかしくはない。その罪滅ぼしとして、熊野は二人を和解させたいと思ったのかもしれない。

「えっ、でも、結局、いなり寿司が原因じゃないんですよね？」

千春は状況を理解すると思わず尋ねた。

鷹子が申し訳なさそうな顔で頷《うなず》く。

「はい……兄と木津根さんは私が見ているうちにいなり寿司を争って食べて、あっという間に最後の一つになってしまいました。でも、喧嘩は確かにしましたが、帰る時には笑い合っていて、とても後を引くような感じではありませんでした。ただ……木津根さんは私の嘘に気付いたんです。それで、私に訊《き》いてきたんです。あれは本当に君が作ったものなのかいって」

「ははあ……」

千春は思わず溜《た》め息《いき》にも似た呟《つぶや》きを漏らし、ユウと顔を見合わせた。食べて気付いたということだろう。何しろくま弁の常連客なのだ。食べればわかったとしてもおかしくはない。

「それからすぐ……木津根さんは私に別れを告げました」

「えっ⁉」

千春の口から驚きのあまり大きな声が飛び出した。

「あ、すみません……お付き合いされていたんですか？」

「付き合いというほどのことでは……ただ、私は慕っていましたし、彼もたぶん……。兄も気付いていて、自分が木津根さんと会う時には、私を時々誘ってくれました」

過去に思いをはせ、鷹子はぼんやりとした、うつろな目をしたが、口元には苦笑を浮かべていた。

「木津根さんは、私にもう君とは会いたくないって言ってきたんです。信用できないひとだって」

「そんな……」

ひどい言い方だ、と千春は感じた。店のいなり寿司を持って行っただけなのに。

千春としてはどうにも納得できなかったが、当事者である鷹子は静かに首を横に振った。

「木津根さんは嘘をことのほか嫌っていらして……厳しいところのある人なんです。でも、筋が通っていて……不器用な人だったのだと思いますけど、まあ、若い私には格好良く見えたんでしょうね」

鷹子は微笑んで、目を細めていた。昔を愛《いと》おしむような、懐かしむような……。

千春は、漂う雰囲気に少しどきっとした。

ふと、鷹子は甘やかな表情を曇らせた。

「でも、兄は木津根さんを許せなかったようです。私から話を聞き出した兄はすぐに木津根さんの下宿へ向かったのですが……家へ帰ってきた兄はひどい格好で、これは木津根さんとすごい喧嘩になったんだなと察したのです。兄は自分からは何も語ってくれなかったので、詳細はわからないままでしたが、原因は私とのことしかありません。私が嘘を吐いたから、木津根さんは怒って……兄も、そんな木津根さんを許せなかったのだと思います。そのあと、木津根さんは急に講義も休みがちになって、春には故郷に帰られました……」

長い話に疲れたように、鷹子は溜め息を吐いて、最後に一つ、吐き出した。

「ですから、兄と木津根さんの不仲は、私のせいなのです……」

ユウは一人黙って千春と鷹子の会話に耳を傾けていたが、鷹子の話が終わると、口を開いた。

「……それでは、山田様は、木津根様と田貫様の喧嘩の原因は自分にあるとお考えなのですね」

「はい、そうとしか考えられません」

「そう断定するのはまだ早いのではないでしょうか？　話を聞いていない人物がまだ二人もいますから」

「木津根さんと兄のことですか？」

「ええ……ちなみに、山田様とお兄様との不仲はこれが原因で？」

「……はい。兄は木津根さんを許せず……彼を庇《かば》おうとする私のことも怒って、ひどい喧嘩になったんです。それで、そのまま……」

庇ってしまうのか。理不尽とも思える理由で一方的に別れを切り出してきた男なのに、庇うのか。千春は純粋に疑問に思ってしまった。

「どうして、彼をそうまでして庇ったんですか？」

「……私に勇気があれば、彼を追いかけて問い詰めたかった。でも、そうできなかった自分の自信のなさが……いなり寿司一つとっても見栄を張った、そんな私の至らなさがすべての原因だと思えたのです」

「ちなみに、もう一つだけ、確認したいのですが……」

ユウがそう切り出すと、鷹子はどうぞ、という意味合いで頷いた。

「時を重ねた今なら、自信をもって違う選択をできる……と思いますか？」

意外な質問に鷹子は目を丸くしてちょっとの間言葉を失っていたが、すぐに茶目っ気のある笑みを浮かべた。

「そうですね。あの頃から三十年経って、私も年を取りましたが、おかげで得たものもありますから。でも、あの当時の彼が今目の前にいても、追いかけはしないでしょうね。当時の彼に今の私はもったいないと思いますから」

「そうですか。それを聞けて良かったです」

ユウも微笑んでそう言った。


鷹子の話が正しいのなら、いなり寿司を作ったのは熊野であり、喧嘩《けんか》の原因はいなり寿司を注文した鷹子ということになる――が、果たしてそれが真相なのか。熊野が話す喧嘩の原因もなかなか納得できなかったが、鷹子が話す原因にも疑問は出てくる。たかだかいなり寿司一つ注文して自分の料理の腕前をごまかしただけだ。

「やっぱり当人に話聞きたいですね……」

鷹子が帰ってから、休憩室に残った千春はユウと額を合わせて相談した。

「当人……に聞けますよ、一応」

「でも、できるだけ木津根さんと田貫さんには言わないようにして欲しいって話でしたよね」

「ほら、とりあえずすぐに山田様の話が本当か確認できる人がいますよ」

「すぐに……」

そのとき、引き戸が開いて熊野が顔を出した。

「よお、小鹿さん、来てたのかい」

「あ、どうも熊野さん……あ」

「ん？」

そうだ、熊野に鷹子の話を確認すればいいのだ。

ユウも同じ考えだったらしく、早速熊野に確かめた。

「三十年前のいなり寿司を作ったの、熊野さんだったんですか？　山田様……田貫様の妹さんから聞きましたよ」

　それを聞いた途端、熊野が、あっ、という顔をして、髪のない頭を撫《な》で上げた。

「そうか……あの人と話したのかい」

「まだ何か黙っていることありますか？」

　口調は穏やかなものだったが、言っている内容は結構きつい。ユウにしては珍しい。

「怒るなよ……いや、仕方ないか、俺が悪いな。悪かった、ユウ君。タカちゃんからはいなり寿司のこと内緒でって頼まれてたからさ。いや、頼まれたのは三十年前なんだけどよ……」

　タカちゃん……というのは鷹子の愛称だろう。

「じゃあ、今回二人を仲直りさせたいって話になったのは、自分が作ったいなり寿司のせいで二人の仲が悪くなってしまったから……」

　千春の疑問に、熊野は頷いて答えた。

「ああ、まあ、それもあるよ。当時はばかだなあって思ってたのに、三十年経ってさすがに罪悪感てやつに襲われたんだよ。まさかあれのせいかって。タカちゃん、なんて言ってた？」

　鷹子は熊野のいなり寿司のせいで別れを告げられ、それを怒った兄の田貫が木津根を殴って絶交に至った――とは、熊野には言いにくい。熊野が考えていたよりずっとひどい状況なのだ。

　だが、答えあぐねたその一瞬の間で、熊野は察したらしく、禿頭《はげあたま》を撫で上げた。

「タカちゃん、木津根君のこと好きだったんだろ」

千春はユウと目を見合わせ、頷いた。

「はい……」

「そうか……それで、俺の弁当絡みでなんかあったってことかい？　答えにくいか。いいんだ……」

禿頭を指の跡がつきそうなくらい強く擦《こす》り上げ、熊野は呻《うめ》くように呟《つぶや》いた。

「そうか、俺の弁当のせいでタカちゃんと木津根君が……」

「まだわかりませんよ」

ユウの言葉を訝《いぶか》るように、熊野は顔をしかめる。

「いや、わからないって……タカちゃんが言ってたんだろう？」

「もっと関係者から話を聞かないと」

そう、まだ関係者全員から話を聞いたわけではないのだ。

「……やっぱり、御当人にお伺いしたいところですね」

千春がそう呟くと、ユウも相槌《あいづち》を打った。

「事の真相もそうですが、いなり寿司を避けても共通の好物など用意できれば思い出話も弾むかもしれません」

ユウはそう言い、熊野を見つめた。

「だから、田貫様からも話を聞くまでは、そんなこと言わないでください。熊野さんのいなり寿司で不幸になった人たちがいるなんて、そんなの、まだ決まったわけじゃないです」

熊野はユウの視線を受け止めて、溜《た》め息《いき》を吐いた。

「わかったわかった。田貫さんに訊《き》いてみてくれていいよ。ただ、あんまり昔の話はするなよ。木津根君も来るって気付いたら、へそを曲げるぞ」

「かしこまりました」

まるで客に言うように、ユウは笑って請け負った。

❄

田貫堂書店は豊水すすきの駅から一番近い書店で、ビルの地下一階、地上二階分のフロアが売り場となっている。三階分といっても一つのフロアが狭く、ぐるっと回るとエスカレーターに戻ってしまうくらいだ。店主の田貫はだいたい一階の売り場にいる。

何しろ店同士が近いので、田貫堂の店員がくま弁の弁当を買いに来ることもよくあるし、田貫本人が来て買って行くことも時々ある。

「やあユウ君！　おっ、それに小鹿さん、こんばんは！」

田貫は小柄で猪首の中年の男性で、自動ドアからゆったりした大股《おおまた》で店内へ入ってきて、良く通る声でそう言った。

「こんばんは、田貫さん」

「いらっしゃいませ、田貫様」

「今日はつきこんにゃくの子和えあるんだって？」

寒くて身体の芯《しん》から凍えそうな季節になると、ブツ切りにした生の真鱈の卵巣とつきこんにゃくを醤油《しょうゆ》味で甘辛く煮付けたお惣菜《そうざい》が出てくる。鱈子はぷちぷち、ほくほく、つきこんにゃくはつるっ。食感も楽しい、千春も大好きなくま弁のおかずの一つだ。が、何しろ生の鱈子――つまり、味付けされるなど加工されていない鱈の子――は、一月、二月が旬で、他の時季には見ない。この季節だけの一品なのだ。

「はい、ございますよ」

「熊さんから珍しくメール来たから何かって思ったらさあ、田貫さんの好きなのあるよって。いいねえ、冬だもん、冬のもの食べたいよねえ」

そう話しながら、田貫はカウンター上のメニュー写真を見てほくほくした顔だ。

なるほど、熊野が連絡しておいてくれたらしい。

田貫は季節ごとに好物があるとのことで、それを餌に来店を誘ったのだろう。

さて、なんと切り出すべきか……千春が当たり障りのない話を振ろうとした時、ユウが先に口を開いた。

「そういえば田貫様は木津根様とご学友だったそうですね」

ものすごい直球の質問が飛んだ。

あまりにまっすぐすぎて、千春は口をあんぐり開けてしまった。田貫は木津根の名前が出た途端、みるみるうちに表情が険しくなっていく。

「今木津根様が札幌にいらしていて、来店してくださったんです……あの、どうされました？」

ユウは田貫の変化に気付いて驚いた――ふりをした。

「ああ、知ってるよ。熊さんから聞いたさ。なんだいユウ君、私と木津根のこと、熊さんから聞いてないのかい？」

「はい……すみません。木津根様はくま弁の開店当時を懐かしんでいらっしゃって……僕は昔は木津根様が田貫様とも来店されたと伺っただけなんです。お友達だったと……」

「そうかい……」

虫の居所が悪い様子で、温厚な田貫は顔をしかめ、太めの腹を揺すって唸《うな》っている。

「木津根は適当な男でね。あいつから何聞いたって、話半分で聞いておきなよ」

そう言ってから、おもむろにメニュー写真の一つを指さして言った。

「このつきこんにゃくの子和え、単品で頼むよ」

「はい、かしこまりました」

ユウはいそいそと煮物をパックに詰めて重さを量る。ちょっとおまけ気味で計量している。

いきなり木津根の話題を振って反応を見たユウの意図はわかったが、もう少し話を聞きたいところだ。

千春はせっかく田貫が来店したのだからと、さらに話しかけることにした。

「……田貫さんがそんなふうに言うなんて、珍しいですね」

「んん？　ああ、今の話かい？」

千春の前で大きな声を出してしまったことに田貫は恥ずかしげだ。

「いやあ、私らが若い頃の話さ。木津根ってのは、そりゃあ適当な男でね、講義の代返で小銭稼いでみたり……妹だってあんなやつに傷つけられて……」

「妹さんですか」

「そう、妹の鷹子があいつを慕っててね、それを知って俺も時々木津根と会う時に妹を誘い出してやったんだ。そりゃ適当なやつだけど、悪いやつじゃあないと思ってたんだよ。だが、一方的に振ったんだ！　あいつはきっと鷹子に対しても適当に考えていて、結婚が怖くなって逃げたんだ」

「は、はあ」

すごい剣幕だ。よほど腹に据えかねているらしい。千春も不仲とはいえ三十年も経っているのだから、仲直りのきっかけを失ってしまった……くらいのことかと思っていた。まさかここまでとは思わなかった。

果たしてこれで熊野の考えているように試食会がきっかけになって仲直りなんてできるのだろうか……。

田貫はお惣菜を買って帰っていったが、千春は残ってユウと顔を見合わせた。

「……田貫さん、すごい怒ってましたね」

「そうですね。でも、一つわかったことがあります」

「？　なんですか？」

千春は田貫の怒りに圧倒されてそれどころではなかったのだが。

「山田様は木津根様のことを嘘を許せない性格で、だからこそ山田様のことも許せず別れを切り出してきた──とお考えでしたが、今伺った話では、木津根様は適当だと評されていました。嘘を許せないからではなく、適当すぎて怖くなって逃げたのだと。山田様と田貫様で随分人物評が異なります」

「……つまり？」

「つまり、田貫様の人物評通りであれば、木津根様は『結婚が怖くなって逃げた』のであって、山田様を振った原因はいなり寿司ではないのです」

「…………時々忘れそうになるんですけど、そういえば試食会のメニューを考えてたんでしたね。それで、田貫さんと山田さん、どちらが正しいんでしょう？」

「どちらも正しいかもしれませんし、どちらも誤解しているかもしれません。木津根様にも会って話を聞きたいところですね」

「……なんか気難しそうなイメージなんですけど、大丈夫ですかね」

「まあ、案外会うとどのイメージとも違っていた、なんてこともあるかもしれませんよ」

とはいえ、木津根の場合はなんと言って話を誘えばいいのか。

千春が首を捻《ひね》っていると、店の電話が鳴った。

❄

木津根はスーツを着た細身の男性で、背は高いがやや猫背だった。

強風にさらされた樹木のように、彼は頭を少し下げて挨拶《あいさつ》した。

「私のことを知りたがってる人がいると聞きまして」

彼はユウに会うと、名乗ってそう切り出した。

一昨日《おととい》、店の電話が鳴った。電話の主は木津根で、試食会の前にユウに会いたいという。時間を調整した結果、試食会前日の今日、木津根が訪ねてくることになった。

どうも、黒川が木津根と田貫の喧嘩《けんか》について知る人物を探し、その話が昔の知り合いから木津根にも届いてしまったらしい。

改めて休憩室に通された木津根は、正座して、ユウと対面した。

「何故、私と田貫の不和について知りたいんですか？」

そこがばれると、試食会も断られてしまうかもしれない。千春は緊張しつつ、木津根に茶を出した。

「試食会のためです」

「それはいったい、どういうことですか？」

「何をお出しすべきか、すべきではないのか、確認したかったからです」

ユウはそう答え、頭を下げた。

「探るようなことをしてしまい申し訳ありません」

「試食会、田貫も呼ばれているんですか」

はい、とユウは答える。やはりあまりにまっすぐで、千春は啞然《あぜん》とする。

いやいや、それはまずいだろう、認めたら、そもそも試食会に出てくれないのではないか？　それでは試食会をきっかけに二人の和解を目指す熊野の考えに反するのでは？

木津根は難しい顔で黙り込んだ。目も眉《まゆ》も普段からつり上がっているものだから、そうして黙り込むと迫力があった。

「喧嘩のことを知りたいのは、我々を和解させたいから……でしょうか」

吽《うん》の形の口が開いて、そう尋ねてきた。

「美味《おい》しくお弁当を食べていただくためです」

ユウは常と変わらない穏やかな口調でそう答えた。

「弁当で和解できるわけではないでしょう」

強い語気を滲《にじ》ませそう言う木津根は相変わらずむっつりとしているが、ユウは対照的ににこやかだ。

「良い気分で美味しくお弁当を食べていただいて、結果的に和解に至ればみんな幸せでしょうが、そううまくいくかはわかりませんね。僕の仕事はお弁当を作ることで、関係の修復は当事者の方々にしてもらう他ありませんから」

「私としては和解したいわけではありません。今更何かを変えられる歳でもないと思いますから」

今の木津根の言い方に、千春は内心で、おや、と思った。変えられるものなら変えたい、という感情が込められているように思えたのだ。

「熊野から伺いましたが、木津根様は田貫様ご兄妹《きょうだい》のことを気にしてらしたとか。今も近しく、大切に感じていらっしゃるのなら、それで十分ではないでしょうか」

「そんな大層なものでは……」

しばらく木津根は眉をひそめたり、小さく膝《ひざ》を揺すったりした末、溜《た》め息《いき》を吐いた。つり上がっていた眉が諦《あきら》めたように力なく下がった。背筋もいっそう丸まり、うなだれ、寒さに耐え曲がりながら生えるダケカンバを思わせた。

「未練、と言いますか。私の青春は彼らとともにありましたので、その残照が今も眩《まぶ》しく見えるのは事実です」

残照——千春にとって青春時代は木津根ほど遠い過去のことではない。三十年経ったとしても、残照なんて呼び方をするかはわからない。それでも、沈んでしまった太陽の残滓《ざんし》のようなその輝きを、彼がどれほど大切にしているのか、それはわずかながら伝わってきた。

「……熊野さんの気持ち、わかる気がします」

千春が思わずそう呟《つぶや》くと、木津根が訝《いぶか》しげな顔をした。

「あ、すみません、いきなり。あのう、熊野さん、お二人の仲を取り持ちたいって言っているんですが、私は最初にそれを聞いた時、大人なんだし、本人たちがいやがっていのなら、そっとしておくべきじゃないのかなあなんて思ったんです。でも、熊野さんも、木津根さんの様子を見て、とても放っておけなくなってしまったのかなと……」

「……熊さん、昔から、よく世話焼いてくれましたから。今も、たぶん、変わらないんでしょうね」

苦笑し、木津根は目を伏せた。

「今も、昔も、我々は熊さんの手間のかかる弟分、なんでしょうね……」

眉間《みけん》に力を入れ、そこを指で押さえる。

しばらくして、彼は顔を上げて言った。

それまでとは違う、凪《な》いだ湖のような静かな目だった。

「……訊《き》きたいことがあるのなら、今訊いてください」

「！」

話してくれる気になったのか――千春は驚いたが、ユウは予期していたように、冷静に話を進めた。

「三十年前に田貫様の妹様が持ってきたいなり寿司について、何か覚えていることはありますか？」

「ああ、あれですか」

木津根はしばらく言葉を選んで沈黙したのち、こう言った。

「まずかったのは覚えています。それに、あれは彼女の……鷹子さんの作ったものじゃないはずです」

「まずかった……？」

千春は聞き返した。

「まずかったんです。寿司飯が硬くて……」

「でも、あれは……」

千春は言いかけ、ユウを見やった。ユウはあまり動揺を見せず、別の問いをした。

「何故彼女の作ったものではないとわかったのですか？　まずかったからですか？」

「いや、まずかったからではなく――ただ、絶対わかると思ったんです。彼女が作ったものならば」

「それは……どういう違いがあるんですか？」

「こう……なんと言うべきか、違うと思うんです。味の雰囲気というか……」

説明が難しいようすで、木津根は困って頭を掻《か》いた。

「わかりました。では、何故山田様を突き放したのですか？」

「あれは、田舎の父が倒れて……大学を辞めて実家の会社を継がなければならなくなったんです。小さな会社で、しかも経営状態も悪く、どうなるかわからなかったので、そんな状況で彼女を連れていくことなんて考えられませんでした」

「本当の理由は話していないんですか？」

「ええ。本当のことを言うと、彼女はついて来ようとするかもしれないと考えましたから。むしろ恨まれた方がいいと思い、ひどいことを言ったんです。故郷に帰るのが別れの理由だというのがばれないよう、すぐには大学も辞めないで、年度の終わりまでは籍だけ置いて、よそで働いてました。……実のところ、私だって、会社を継ぐなんて大学に入った時はあまり真剣に考えていなかったんです。父の会社は水産加工業でしたが、私の進学先は工学部でした」

なるほど、話は通る。木津根が本当の理由を言えなかったから、鷹子は自分を責めて、田貫は怒ったのだ。

「嘘吐きをことのほか嫌うというお話でしたが、彼女のために嘘を吐くことに抵抗はありましたか？」

ユウが問うと、木津根はしばらく訝しげな顔をして、それからじわじわと顔を赤くした。

「ああ……そうですか。私の話を彼女は完全に信じてくれていたんですね……いや、格好良い男像が当時の自分の中にはあってですね……実際の自分がどうかではなく、その理想像みたいなものを彼女に見せようとしていたんですね。実際の私は嘘も吐くし、甘ったれでしたし……まあ、なかなか理想のようにはいかないものです」

木津根は照れて、頭を掻いた。

木津根が帰ると、千春はそれまで閉ざされていたミニキッチンに通じる戸を開けて、中で待っていた女性に声をかけた。

「山田さん」

鷹子は、ミニキッチンの床に正座し、黙って話をすべて聞いていた。

木津根からの電話がある少し前に、鷹子が店に電話をかけてきたのだ。彼女は木津根と兄の仲直りに、是非自分も協力したいと語った。ユウは、ミニキッチンで、木津根との会話を聞くことを提案した。

彼女の隣で、熊野も苦々しい顔で座っていた。

「いかがでしたか？」

ユウに問われて、山田は困ったように微笑んだ。

「そうですね、複雑な気持ちです……」

そういえば、彼女は彼女で三十年間自分の嘘が手ひどく振られた理由だったと思ってきたのだ。

「彼が語ったのが真実……なんですよね」

「ひとまずはそうだと思います」

「ひとまず……？」

あ、と千春も彼の言葉を思い出して呟いた。

「いなり寿司、まずかったって言ってましたね」

「でも、あれは熊さんに頼んだものですよ……？」

いくら店を始めたばかりとはいえ、熊野の作ったものがまずいなんておかしい。

「ええ、そこですね。熊野さんが作ったいなり寿司がまずかった。いったいこれはどういうことなのか。そして、二人がそれを争って食べたのは何故なのか……山田様は、一つでもいなり寿司を食べられましたか？」

「え……」

何しろ三十年前のことだ、かなり記憶も曖昧《あいまい》だろうが、彼女は記憶の糸をたぐり、首を振った。

「食べていないと思います」

「答えの一つはそこにありそうですね」

鷹子は訝しげな顔だ。だが、すぐに我に返った様子で、ユウに訴えた。

「私、二人には互いへの誤解を解いて話しあって欲しいんです。私に何かできることありませんか？」

「……なあ、タカちゃん」

突然、それまでむっつりと黙っていた熊野が口を開いた。

「一つ、訊きたいことがある。なんだって、仲の悪い兄貴と、自分をこっぴどく振った男を仲直りさせたいんだ？　いや……俺も、彼らにはできることならもう一度友人同士に戻って欲しいとは思ったよ。だが、二人とも事情はあったとはいえ、タカちゃんをひどく傷つけたわけだろう。それを聞いたら、さすがに俺も呆れたし、俺はともかく、タカちゃんが彼らを仲直りさせたいってのは何故なんだろうと……協力してくれたユウ君には悪いがな」

鷹子は膝《ひざ》の上で重ねた自分の指先を見つめて、ゆっくりと語り出した。

「私、兄と木津根さんの様子を見ているのが、好きでした。男同士の友達関係ってこんなふうなんだなあと思って、少しうらやましくて。私は兄と疎遠になり、木津根さんともああいう結末でしたけど、彼らのことは、本当に、眩《まぶ》しく……憧《あこが》れていたんです」

「……そうかい」

熊野は自分の首筋を手のひらで叩《たた》いて、そう呟《つぶや》いた。

鷹子は、微笑んでいた。懐かしみ、慈しむ笑みだったし、少女のような若々しさも垣《かい》間《ま》見えた。

「彼らのことを思い出すと、辛《つら》くても、やはり輝いていたと思うんです。私にとっても、彼らはそういう時代の象徴なんです。だから、誤解や、相手を思っての嘘で、彼らの関係が壊れたままなのは、悲しいんです」

「そうかい……」

再び熊野はそう繰り返した。

そして、困ったような苦笑で、鷹子を見やった。

「わかった。俺も協力させてもらうよ」

鷹子の表情が、明るくなった。

「先ほど、できることはないかとのことでしたが――」

ユウが、鷹子に話しかけた。

「一つ、お願いしたいことがあります」

鷹子は真剣な顔で、頷《うなず》いた。

❄

約束の日――。

案の定、木津根の姿を見た田貫は、きびすを返して店を出ようとした。それを熊野が必死で止める。

「待ってくれよ、悪かった、だがな……」

「騙《だま》すような真似、よくもしてくれましたね、熊さん！」

「田貫、俺は……」

「おまえは黙ってろこの嘘吐き野郎！」

熊野が制止しても、木津根が何か言おうとしても、この調子だ。こんなにも激高した田貫を千春は見たことがなかった。

田貫は木津根に殴りかからんばかりに怒鳴った。

「おまえが鷹子をどんだけ傷つけたのか、わかっているのか！」

「田貫君こそタカちゃんに寄り添ってやれなかったろう。タカちゃんと木津根君のことで喧嘩《けんか》して、避けられてたのはどいつだよ」

驚くほど厳しい口調でそう言ったのは、彼らの間に入った熊野だった。

田貫もびっくりして熊野をまじまじと見ている。

「あのなあ、タカちゃんがどんだけ辛《つら》かったと思ってんだ、それをああだこうだ自分のことばっかりよお、そうじゃねえだろ」

剣幕にぽかんとしていた木津根が、おずおずと口を開いた。

「熊さん、私たちを仲直りさせるためじゃなく、叱りつけるために呼んだんですか……？」

その問いかけに、熊野は答えなかった。ただ、苦々しい顔でぷいと横を向いただけだ。

「とにかく、今日くらい一緒に食ってもらうからな！」

そう宣言すると、彼は二人を休憩室まで引っ張って行って、畳の上に転がした。

二人が呆然《ぼうぜん》としている間に、千春はさっと進み出て、ちゃぶ台にお重を置いた。

中身はいなり寿司だ。

二人はそれを見て眉間《みけん》に皺《しわ》を寄せたり、口元をゆがませたり、いろいろな反応を見せたが、やはり熊野の手前食べずに帰ることもできないと思ったようで、ちゃぶ台のそばに腰を下ろすと、いなり寿司を食べ始めた。

だが、すぐにその手をピタリと止め、ひどく困惑した様子を見せた。

「これは……」

「いや、その……」

木津根も田貫も何か言いたいことがあるようだが、何しろ熊野がまだそばに座って二人を睨《にら》みつけるようにしていたので、そちらを気にして言葉が出てこない。

その時、厨房《ちゅうぼう》に通じる戸口から、ユウが現れた。

「お味はいかがですか？」

問われて、二人はなんとも言えない顔をした。

だが、ユウの後ろから続けて休憩室に入った女性を見て、それぞれ顔色を変えた。

「鷹子！」

兄である田貫がそう呼ぶと、鷹子は兄へ頭を下げ、それから木津根に向かっても同じようにした。

「今お出ししてもらったいなり寿司は、私が作ったの」

鷹子はそう言い、彼らの前に座った。

「お味はいかが？」

もう一度そう問われて、木津根は反射的に答えた。

「美味《おい》しかったよ」

田貫もそれに対抗するように言った。

「うまいぞ、勿論《もちろん》」

「…………嘘でしょ」

「嘘じゃない」

そう言うと、田貫はもう一ついなり寿司を取ってもぐもぐと食べ始めた。木津根も対抗するようにまた一つ食べ、気付くと二人はまるで競争するように三つ目にほぼ同時に手を伸ばしていた。

「ちょ……ちょっと待って、そんな、喉《のど》に詰まらせるから、そんな食べ方やめて。話があるから聞いて欲しいの」

鷹子は一つ咳払《せきばら》いをしてから、話し始めた。

「三十年前のいなり寿司を覚えている？ あれは私が作ったものではなくて、熊野さんに頼んだの。今のいなり寿司を食べてわかったと思うけど、私の腕前なんてそんなものなのよ。あの頃は、自分をよく見せたくて……今の自分では駄目だって思い込んでしまって、それであんなことをしてしまったの。木津根さんのことも、追いかけられなかった……自分に自信がなかったから……素直になれればまた違った結果があったのだと思うけど」

彼女はそう言って俯《うつむ》いてしまったが、すぐに顔を上げ、木津根と田貫に訴えかけた。

「木津根さんも、兄さんも、素直になって。まずいいなり寿司を無理に食べたりしないで」

「待て、どういうことだ？」

田貫は混乱した様子だった。

「三十年前のは、おまえが作ったんじゃない、だって？」

「ええ……」

「じゃあなんであんなまずかったんだ」

失礼な話だが、彼の中では妹の料理はまずいという図式ができているらしい。

鷹子は驚いた様子で反論した。

「でも、あれは熊さんが作ったもので……そうですよね、熊さん」

「そうだよ」

混乱する客の前に、ユウが進み出て言った。

「失礼ですが、当時、いなり寿司はどこに置いてありましたか？」

「どこって、休憩までは手提げ袋の中で、袋はグラウンドのそばに荷物置き場があって、そのビニールシートの上にまとめて……で、食べるのは体育館だったな」

「そうそう、体育館が開放されてね、暖房も入っていて……」

田貫と木津根が説明していく。随分古い記憶だろうが、さすがに印象深い事件だったせいか、よく覚えている。

「ん？　グラウンド……」

そこで、田貫がふと自分の発言に疑問を持った。

「あ……ああ、そうか、なんで気付かなかったんだ。冷えすぎたのか！」

木津根もあっと呟《つぶや》いて、察した様子だった。

「札幌で、冬、スケートリンクの整備と管理のために集まっていたわけですから、外は当然とても寒かったはずです。実際、札幌の一月の平均最高気温は氷点下。最高気温でもプラスになることは少ないのが普通なんです。これは当然冷蔵庫より低い温度となります。そして寿司は、一般的に冷蔵庫に入れてしまうとシャリが硬くなって美味しくなくなってしまいます。新聞紙でくるむなどすれば温度をある程度保つことができますが、この場合は鞄《かばん》などではなく、手提げ袋に入れられただけの状態で、特に保温のための工夫などもされていませんでした。その状態で屋外に放置されていたとなると……」

「その点に関しちゃあ、悪かったよ。俺も、保管場所の状況を想像して、もっと工夫して渡すべきだった」

熊野が申し訳なさそうに禿頭《はげあたま》をなで上げた。

「ところで、その冷えて硬くなったまずいなり寿司をお二人が競うように召し上がったのは、何故ですか？」

ユウからの突然の問いかけに、田貫と木津根は気まずそうに肩をすくめたりむっつり黙り込んだりした。

だが、結局互いに視線で牽制《けんせい》しつつ、田貫が言った。

「それは、鷹子の作ったもんだったから……鷹子はあの頃いつもおどおどしてて……だから、自信をつけさせたかったんです」

「私は、あれが鷹子さんが作ったものとは思っていなかったんですが、それでも、鷹子さんが持ってきた以上、まずいとわかれば鷹子さんががっかりするだろうと思いまして……」

木津根も言いにくそうに白状した。

「で、彼と目が合って、これはお互い同じようなことを考えているなと……」

「それじゃあ、私のために、まずいいなり寿司を二人で食べたの？」

彼女は驚いて、二人を見つめ、それから呆《あき》れたように笑った。

「馬鹿な人たちねえ！」

二人は顔を見合わせた。少し照れくさそうな表情にも見えた。

鷹子の笑顔を見て、ようやく熊野も表情を緩めていた。


食卓の上には、鷹子のいなり寿司の他、くま弁のいなり寿司も並んだ。

「親父さんが？」

ショックを受けた様子で、田貫は聞き返していた。

木津根の父親が倒れ、大学を辞めざるを得なかったこと、そのために鷹子を置いていったこと。木津根は淡々と語った。

「俺も、格好つけてしまったんだ。苦労をさせたくなくて……鷹子さん、あのときは本当に申し訳なかった。あなたの人生を狂わせたんじゃないかと……おわびのしようもない」

改めて、木津根は鷹子に頭を下げた。

熊野が言っていたが、顔を合わせて話しだすと、案外雰囲気は穏やかだった。

ただ、田貫が不機嫌そうだった。

「なんだよなんだよ、あのなあ、木津根、おまえ、鷹子だってあの頃の鷹子じゃないんだぞ。今は『山田さん』だし、駅前で立派に自分の店持ってんだ。病気がちでか弱いタカちゃん、じゃねえんだからな。まったく、病気のせいでうちの親もこいつには甘かったからな、ろくに料理もさせねえからこんな……」

「山田は通《とお》り名《な》よ、今は旧姓に戻っているから。それに、兄さんだって私のこと偉そうに語らないでよ、大して会ってもいなかったんだから」

「避けてたのはそっちだろう！」

「そりゃいつも頭ごなしにああだこうだ言われていれば避けたくもなるわよ、木津根さんとのことがあってからはずっと木津根さんと私の文句ばっかり……本当は木津根さんがいなくなって自分が一番寂しかったくせに」

「そうだったのか……」

「そうだったのかじゃねえよ、おまえ何納得してるんだよ！」

田貫は顔を真っ赤にしている。

千春が知る田貫は若々しくはあっても落ち着いていたし、これほど感情的なところを見たことはなかった。

「兄がうるさくて恥ずかしいわ……」

鷹子が溜《た》め息《いき》交じりに呟き、木津根は笑みを零《こぼ》した。

「彼は変わらないね」

「私は変わったかしら？」

「綺麗《きれい》になったよ」

端で聞いていた千春までどきっとしてしまった。田貫もハッとして木津根と鷹子を見た。鷹子は顔を赤らめている。

でも、と木津根は穏やかな表情で呟いた。

「料理の腕前は相変わらずで、安心したよ。変わらないものもあるんだなって……」

「木津根さん……？」

鷹子の顔から笑みが消えていた。

その怒気に木津根は息を呑《の》んで身を竦《すく》めたが、田貫は豪快に笑って、妹に睨《にら》まれていた。

千春はそのやりとりを眺めながら、手つかずの熊野のいなり寿司に手を伸ばした。木津根も田貫も、鷹子のいなり寿司にしか手を付けないのだ。一応、千春も試食会の客に数えられているのか、千春の分の取り皿も与えられていた。

濃いめに味付けされた揚げに、酢飯が詰められ、口の中でほぐれていく。当たり前だが、硬すぎたりもしない。揚げと酢飯にごま程度の極めてシンプルないなり寿司だ。揚げに染みこんだおつゆの味付けが千春好みで、何個でも食べられそうだ。

春が来たらこれを持って外で食べるのも美味《おい》しそうだなあ、と考えて、また一つ手を伸ばす。今度はユウが作った五目いなりだ。干し椎茸《しいたけ》に、れんこん、にんじん、ひじき、こんにゃく……これも美味しい。具だくさんで、歯ごたえも色々なので、食べ飽きない。干し椎茸のうまみがよく出ている。さっきのいなり寿司より全体的に甘めの優しい味付けだ。

しかし、こうして美味しいいなり寿司を食べると、いったい鷹子のいなり寿司はどんなものだったのだろうと気になってくる。食べ損なってしまったが、見た目はそこまで突飛でもなかった。確かに、揚げに対してシャリの量が多すぎるようには見えたし、シャリの中に何か角切りの野菜のようなものが混ざっているのが見えたり……まあ、とにかく、少し普通ではない要素はあったが、そのくらいだ。ということは、味付けに問題があるのだろうか……。

「千春さん」

そっとユウに呼びかけられて、いなり寿司を頰張ったまま顔を上げる。

相変わらず木津根たちは時折言い合いながらも賑《にぎ》やかに過ごしている。

「お疲れ様でした」

そっと耳元で囁《ささや》かれてくすぐったさに笑いそうになる。

ユウさんも、と千春は笑いを堪《こら》えながら返した。

和解した——と思うのだが、木津根と田貫は何やら言い合いながら揃って店を出て行った。鷹子は晴れやかな顔でユウと千春、熊野に頭を下げてから、彼らの後をゆっくり追いかけた。

「ありがとう、ユウ君、それに、千春さんも」

彼らを見送ってから、熊野は改めて、千春とユウに礼を言った。

「彼らは……この店の本当に最初の頃の客でな。俺の古い友人でもあるんだ。彼らの青春を見てきた時間ってのは、俺にとっても、若い時代の思い出なんだよ。だから……ありがとうな、本当に」

彼らのために本気で怒った熊野を思い出し、その言葉がわかるような気がした。

これでよかったのだ——と千春も思う。

だが同時に、もし三十年前に鷹子が木津根を追いかけていたら……と思うと、複雑な気持ちになる。彼らの関係も、人生も、違ったものになっていたかもしれない。

しばらくそのことに思いをはせ、千春は凍《い》てつく空気がじわじわと体温を奪っていくことに耐えられなくなり、くま弁の中に駆け込んだ。

❄

「三十年前に、木津根さんのことを追いかけられたら……色々違っていたんでしょうか」

試食会の翌々日も、千春はくま弁にいた。今夜は鮭海苔《のり》弁当だ。

鮭を焼く香ばしい匂いが漂ってきて、なんとも言えない懐かしさを刺激された千春は、木津根と鷹子と田貫の三人のことを口にした。彼らのことはずっと頭にあった――今頃はもう、木津根は札幌での仕事を終え、故郷に戻っていることだろう。

「僕、山田様の気持ち、わかるんですよね」

弁当を作っていたユウがそう言って微笑んだ。

千春が注文した鮭海苔弁当を詰めながら、彼はぽつぽつと語った。

「他のことならなんでも思い切ってやれるのに、大事な人を前にすると、とても臆病《おくびょう》になってしまう。こんな自分じゃ駄目だとか、こんな自分はふさわしくないとか。追いかけたら迷惑じゃないか、とか。僕なんかそんなこと言うと女々しいと笑われそうですけど」

「……ユウさんも、山田さんと同じで、追いかけられないって思います？」

「そうですねえ……」

そこでユウは我に返った様子で千春を見つめて、慌てて謝罪した。

「すみません、千春さんを追いかけられないという意味では……」

「……いいんですよ、でも、ちょっともどかしいなって気持ちにはなります」

そうですよね、という先ほどと同じ呟《つぶや》きをして、ユウは困った様子でこめかみの辺りを擦《こす》った。

「…………」

気まずい沈黙が降りてしまい、千春は自分の発言を少し後悔する。

そのとき、ちょうど自動ドアが開く音が聞こえてきた――。

「こんばんは～」

黒川が、楽しそうに鼻歌を歌いながら店に入ってきた。

「あっ、小鹿さん。この前はごめんなさい、騒ぎになったんじゃないですか？」

黒川は千春の顔を見るなりそう言ってきた。そういえば、この前木津根がやってきたのは黒川があちこちに聞き込んだ結果だった。

「あっ、大丈夫でした。ご本人いらっしゃいましたけど……」

「それ本当に大丈夫だったんですか……？」

「大丈夫ですよ、それより黒川さん、なんだかご機嫌ですね」

「ああ、いやあ、実は山田さんとそこで出くわしたんですけど、木津根さんと連絡取ってるってにこにこしてましたよ。なんか聞いてる僕までにこにこしちゃって」

「！　それはそれは」

千春はユウを振り返って見た。ユウもほっとして笑みを浮かべていた。

確かに、そのニュースは千春の顔までにこにこさせてくれた。心が浮き立つ――考えてみれば、自分たちだってもっと素直になればいいのだ。自分とユウだって、もっと心を開いて語れる気がする。勇気を持って、素直になれば。

「鮭海苔弁当お待たせいたしました」

ユウはそう言い、お弁当を渡してくれる。受け取りながら、千春は彼の目を見上げて言った。

「私、納得できなかったら、追いかけちゃうと思います。ユウさんのこと……」

「………えっ？」

ユウが聞き返し、意味を理解し、顔を赤らめている。

「ち、千春さん――」

ユウがあんまり顔を赤くするので、千春まで顔が熱くなってきた気がする。

気付くと黒川が口元に手を当て少女のように目を丸くしてこちらを見ていた。

「お、おじさんまでなんだか恥ずかしくなってきましたよ……」

黒川にそう言われて、千春は自分の発言を少し後悔した。

・第四話・未来に続くスパカツ弁当

その日のくま弁の昼食はおでんだった。

この時間帯くま弁は開店前だが、オフィスビルに持って行く弁当作りのためにユウは午前中から厨房《ちゅうぼう》で働いている。おでんを作ったのは熊野だ。

昨夜のうちに仕込んでおいたという鍋《なべ》が、どんとちゃぶ台の上に置かれている。蓋《ふた》を開けるとふわっと湯気が上がり、出汁《だし》の匂いが食欲をそそる。出汁の染みた大根、ふっくら膨らんだはんぺん、良い色に染まった卵、ちくわぶ、こんにゃく、練り物など……湯気の中から顔を出した具材に、千春はよだれを飲み込んだ。

「昼から豪勢ですね～！　本当にいいんですか、私もご相伴に与《あず》かって」

「この前のお礼も兼ねてね、田貫君たちの。でも、豪勢なんて、そんなたいしたもんじゃないよ」

熊野はそう言って照れたように笑い、何装う？　と尋ねてきた。

「あ、じゃあ大根とこんにゃくお願いします」

「はいよ」

そのとき、昼休憩でやってきたユウが、嬉《うれ》しそうな声を上げた。

「あっ、ふき入ってるんですね」

「ふき入るんですか？」

千春は驚いて聞き返した。

答えたのは熊野だ。

「そうだよ、山菜も入るんだ。わらびとかね」

「へ〜」

「ふきも装っておこうか。旬の終わりに水煮にしたんだ」

熊野はそう言って、大根とこんにゃくを装った皿にふきも添えて千春に渡した。

「ありがとうございます」

礼を言って受け取った千春は、普段なら真っ先に味の染みた大根をいただくところだが、ふきに箸《はし》を伸ばした。ふきは、収穫したてのような青々としたものではなかったが、翡翠《ひすい》のように透明感のある綺麗《きれい》な色で、嚙《か》むとしゃきっとした歯ごたえが残っていた。何より、一口食べると、ふきの野性味溢《あふ》れる青い匂いが鼻に抜け、爽《さわ》やかな北海道の春を思い起こさせる。辛子を付けて食べると鼻から抜ける辛みが心地よい。

「冬だけど春だ〜って感じですね。美味《おい》しい！」

「おでんはこれがないとね」

熊野もふきを装ってふうふういいながら食べている。

葉物野菜が食べにくい冬に、保存しておいた山菜を入れて食べるのは、北国らしいなと千春も感じた。

「もう二年以上札幌で暮らしてるのに、まだまだ初めてのことがあるんですよね」

「俺も住んでると何が北海道ならではってもんか、よくわかんないんだよねえ。こっちにあるものは当たり前に感じちまって」

「あ、それはそうですねえ。私も向こうに戻った時、居酒屋でラーメンサラダ探しちゃって――」

「……ラーメンサラダ、こっちだけなのかい？」

「そうですよ。東京とかないですよ、普通」

ラーメンサラダは北海道の居酒屋の定番中の定番メニューで、要するにラーメンの麺《めん》とサラダの野菜を合わせてドレッシングで和《あ》えたものだ。

そのとき玄関の呼び鈴が鳴って、ユウがはーいとよく通る声で答え、立ち上がった。

戻ってきたユウは、小さな包みを抱えていた。

「僕宛ての宅急便でした」

そう呟《つぶや》いたユウは、座布団の上に座り直すと、ガムテープをびりびりと破いて包みを開け始めた。

「なんか食材頼んだのかい？」

熊野がそう問いかけたが、ユウは首を振った。

「いえ、母からですね」

母？

千春は少なからず驚いてしまったが、そういえば父親が死んだという話は聞いたが、母親の話題が出たことはなかった。

「ユウさんのお母様ってどちらにいらっしゃるんですか？」

「シカゴです」

「えっ？」

「向こうで働いているんです。十五年くらい前に行って、僕は帰ってきましたけど、母はそのままですね」

「そうだったんですか……」

なんの仕事なのかとか、ユウも行っていたのかとか、話題はまだまだ広げられそうだったが、ユウが包みから取り出したものがあまりに意外で、千春はそちらに意識が逸《そ》れてしまった。

「それ、お弁当箱ですか？」

「そうですね」

青いプラスチックの弁当箱は、車の形をしていた。就学前の男の子が使うようなデザインと大きさだ。デザインはやや古めかしく、懐かしい感じがした。

ん？　とユウが訝《いぶか》しげな声を上げて、包みを確認した。弁当箱は直接クラフト紙に包まれてガムテープで留められていた。クラフト紙の間などを確認し、ぽつり呟く。

「他は何もない……ですね」

「……………」

つまり、弁当箱だけがそのまま送られてきたのだ。手紙の類いもなしに。

「何か、メールとかしてるんですか、お母様と」

「まあ、まれにしますけど……何か聞いても数週間返事がなかったりとかするんで……」

そう言いながらユウはスマートフォンを取り出して確認するが、首を振る。

「いや、やっぱり母からも何も連絡ないですね」

いったいどんな意図で送られてきたものか、ユウはわからず困惑気味の表情を浮かべて、弁当箱を眺めている。

「それ、ユウさんが小さい頃使ってたもの……なんですか?」

「うーん……それが、確かに僕のだと思うんですけど、あんまり使わなかったような……」

ユウはそう言って、興味をなくしたように弁当箱をちゃぶ台に置くと、おでんのちくわぶに取りかかった。

ユウは黙々と食べるのを再開してしまったが、千春はこの奇妙な贈り物が気になって、ちゃぶ台の上のそれを屈《かが》んだり覗《のぞ》き込んだり、いろいろな角度から眺めてみた。

「いや、別に手に取っていいんですよ、それ」

「あ、はい。じゃあ、遠慮なく……」

千春は弁当箱を手に取り、まじまじと観察した。あまり使わなかったというユウの言葉を証明するように、弁当箱は擦り傷もほとんどなく綺麗な状態だった。

「……でも、あんまり使わなかったって、どうしてですか? お弁当の必要がなかったから？」

「いや、お弁当は作ってもらっていました。その頃は祖母とも同居していて、祖母の送り迎えで幼稚園に通っていて、お弁当は母が作ってくれていました。他にも四角いお弁当箱があって、そっちの方を主に使ってたんです。ほら、このお弁当箱、プラスチックだし、形が独特だから、隅っこに油汚れが付くと洗いにくくて。詰めるのも面倒だったみたいです」

「ああ〜……」

言われてみれば、車の形の弁当箱に隙間なくおかずを詰めるのはコツがいりそうだ。

「だから、最初の何回かしか使われず……でも、そういえば、ハンバーグとナポリタンスパゲティのお弁当を詰めてもらったことがありましたね」

「ハンバーグとナポリタン！　いいですね、子どもが好きそう」

「ええ。僕も好きなお弁当だったんですが……」

ユウはそう言って、弁当箱をじっと見つめた。それから何か思い出したのか、ああ、と呟いて語り出した。

「ハンバーグは美味しかった記憶があります。でも、ナポリタンが、食べにくくて……あれ、なんでだったのかな」

「食べにくい？」

「こう……なんだっけ、ええと……」

ユウは天井を仰いで眉《まゆ》を寄せて考え込み、またふと弁当箱を見て呟いた。

「あ、そっか。ペンネじゃなかったんだ」

不思議そうな千春に、ユウは説明した。

「母はいつも弁当にナポリタンを入れる時はペンネで作ってくれてたんです。ほら、食べやすいように。でも、このときは確か長い、普通のスパゲティで……僕はまだ当時フォークに巻き付けて食べるのが下手で、うまく食べられてなくて零《こぼ》した覚えがあるんです」

「へえ……よく覚えてますね」

「いや、不思議な話ですけど、弁当箱を前にすると思い出して……」

ふと、千春はまだ持ったままだった弁当箱から、微《かす》かに音が聞こえた気がして、蓋《ふた》を開けてみた。中には、メモ用紙が一枚。どうやら、母から息子への私信らしいとわかって、千春はそれをユウに見せた。ユウはメモを一瞥《いちべつ》し、呆《あき》れ顔で説明した。

「『思い出箱』から出てきたから、送ってくれたそうです」

「『思い出箱』……？」

千春の問いに、ユウが答えた。

「ずっと小さい頃から引っ越しのたびに中身を見ないで運んでいた箱があって、それを母は『思い出箱』って名付けていたんです。中身がなんなのか、たぶん母も把握してなかったんでしょうね。それを落として中身が出てきたので整理したら、僕の描いた絵とか、工作とかに混ざって、弁当箱があったそうです。絵と工作はとっておくから、弁当箱は僕がどうにかしろ、と……」

「へえ、なんでお弁当箱とっておいたんでしょうね？」

「さあ、母が言うには、僕が無理矢理入れたみたいなんですけど……幼稚園くらいのときに……」

「だとすると、随分気に入っていたお弁当箱だったんですね」

「そういうことなんでしょうね。それなのにあんまり使えなくて悔しくて、母に文句を言った覚えがあります」

「ユウさんが文句……！」

「いや……文句くらい言いますよ。当時は子どもでしたし……」

気付くとユウはおでんを食べる手を止めて、思い出の弁当箱をじっと見つめていた。

千春もユウから聞いた話を考えながら、ふと思いついたことを訊《き》いてみた。

「そういえば、お父様も料理人でしたよね、確か一緒にお店やってらしたって。やっぱり、お父様が小さい頃からお料理教えてくれたんですか？」

「いや……そういうわけでもなかったですね」

ユウはそう言い、冷めたような目でまたおでんを食べていた。

千春が黙っていると、ユウは少し経ってからぽつぽつと語った。

「小さい頃は、父とはあまり思い出がなくて。人見知りして泣いたこともあったそうです」

「そうだったんですか」

一緒に店をやっていたというから、てっきり仲が良いのかと思っていた。いや、子どもの頃と、大人になってからでは、親子の距離も違うだろうし、そういうこともあるのだろう。

だが、横顔を見て、千春は何か違う、と感じた。

物思いにふける顔なのだが、懐かしそうというのとも違う、暗く沈んだ目をしていた。死んだ父親のことを考えて、悲しんでいるのだろうか――それとも、何か悲しい思い出でも振り返っているのだろうか。

「ユウさん……」

尋ねてみたい、と思ったものの、千春が声をかけると、ユウはすっとその表情を消してしまった。

「なんですか？」

千春を覗き込むユウの顔に浮かぶのは最前とはまるで違う穏やかな笑みだ。

ユウに微笑みかけられたのに、千春は、まるで彼が鎧《よろい》を身にまとったような壁を感じて質問を尻込《しりご》みしてしまう。

「いえ……」

結局、何も訊けないままになった。

熊野が卵を箸《はし》で割りながら言った。

「おふくろさんだってさ、手紙じゃどうこう言ってても、息子が弁当屋やってるって聞いたから送ってきたんだろ。邪魔なら高い送料払わないで処分すればよかったのに、そうしなかったってのは、おまえに見せたかったんだよ」

「……………古い弁当箱を？」

「子どものおまえも、弁当が好きだったってことをだろ」

ユウは意表を突かれたように目を見開き、あらためて弁当箱を見つめ——苦笑した。

「どうでしょうねえ」

千春の心に引っかかった彼の暗い横顔は、どこかに行って、もう見つからなかった。

❄

鷲見《わしみ》雪子《ゆきこ》は千春の母くらいの年齢の人で、卵形の顔とすっと通った目鼻立ちのせいで、どこか菩薩《ぼさつ》像を思い起こさせる顔立《たち》ちをしていた。

くま弁の常連で世話焼きな質の雪子は、保護猫の活動をしており、千春とも猫を通して知り合った。千春の知人が死んだ親戚《しんせき》の猫の扱いに困っていた時に、熊野から紹介された雪子が相談に乗ってくれたのだ。色々教えてもらった知人は結局引っ越して猫を飼うことになり、千春は雪子と親しくなった——ただ、どちらかというと、これまでは千春の悩みを雪子が聞いてくれるということが多かった。

この日は、逆だった。

知り合いの中では一番甥《おい》と歳が近いから、という理由で、雪子は千春に甥のことを相談したいと言った。

「弟の晴嗣《せいじ》と甥の美晴《よしはる》が、喧嘩《けんか》してね。それがひどいの、必要最小限しか口きかないし、口を開けば喧嘩になるし……同じ家に、二人きりで暮らしているのにね」

「そうなんですか……甥御《おいご》さんておいくつですか？」

「十七ね。この前誕生日来てたから。高校二年生」

雪子が注文した生姜《しょうが》焼き弁当はもうできあがって、彼女は袋の持ち手のところをいじりながら語った。

「美晴の母親は早くに亡くなってね……私は結婚して札幌に来たから離れてしまったけど、気にかけていたの。でも、この前お正月で久しぶりに会ったら、なんだか様子がおかしくて……二人それぞれからなんとか話を聞き出したら、どうも進路のことで喧嘩になったみたい。晴嗣……私の弟は、花卉《かき》農家をやっていて、札幌近郊でお花を育てているんだけど、たぶん、それを継ぐ継がないって話だと思うのよね……」

「ああ……なるほど……」

高校二年生の冬というと、もう志望校は決まった頃だろうか。

「晴嗣も頑固なものだから……でも、話をしないんじゃあ、進路も決まらないでしょう？

だから、今度晴嗣たちがこっちに来る用事があるから、そのときにでも、場を設けて話し合わせないとって思ってるのよねえ……」

なるほど、親子二人だけでは逃げ場がないし、間に入ってくれる人間のそばで話し合うのも良いかもしれない。

「それでね、ほら、小鹿さん、この前田貫さんとこの喧嘩仲直りさせたでしょう……」

「ん？」

千春は思わず聞き返した。

「聞いたのよ、黒川さんから」

「いや、私何もしてないですけど……？　たぶん、それはユウさんが……」

「あら、でも黒川さんは小鹿さんがって。とにかくね、喧嘩の仲裁……までしなくていいと思うんだけど、何か良い考えないかしら？　二人で落ち着いて話し合って欲しいのよね」

田貫たちの喧嘩は彼ら自身の話し合いで解決された。結局、千春はたいしたことはしていない……。

「……じゃあ、せめて、美味《おい》しいものでも食べて、楽しい気分で話し合ってみたらどうでしょうね……」

千春の提案を聞いて、あら、と雪子は声を上げた。

「いいわねえ、そうしましょうっと」

雪子は早速、カウンターの向こうで弁当を作っているユウに声をかけた。親子が札幌に来る日に、雪子が自宅へ招いて、ユウが作った弁当でも食べて、話し合ってもらう……という計画を聞いたユウは、なるほど……と呟《つぶや》いて考え込んだ。

「親子喧嘩、ですか」

「そうなの。父親の方は私の弟でね、よく言えばおおらかで……悪く言えばちょっと無神経。息子の方は高校二年生で、進路のことで父親と意見が合わなかったみたい。当日は開校記念日でお休みよ。晴嗣が――あ、父親ね。晴嗣が、後を継がせたがっているんだと思うの」

ふと、千春はユウの表情がさえないことに気付いた。

雪子の方も、カレンダーを見て、顔を曇らせた。

「あら、いけない。あの人たちが来る日、お店お休みだったわね。ごめんなさい、じゃあ無理ね……」

「いえ、いいですよ。お弁当三折ならお受けできます」

「そう？　でも悪いわ、お休みの日に……」

「大丈夫ですよ。それで、何かお二人の共通の好物などありますか？」

「……そうねえ」

しばらく考え込んで、雪子は答えた。

「スパゲティかしら……ミートソースとか、ナポリタンとかが好きだったと思うわ」

ナポリタン、と聞いた時、ユウの表情がまた変わったようにも見えた。

かしこまりました、とユウは請け負っていたが、千春は彼のその表情が気になった。落ち込んでいるような——自信なげに、瞳《ひとみ》が揺れているように見えた。

打ち合わせの後、雪子が帰ると、千春はユウに声をかけた。

「あの……大丈夫ですか、ユウさん」

「ええ、どうしてですか？」

そう尋ねるユウは、確かにいつも通り穏やかな笑みを浮かべていて、千春は自分の気のせいか、気にしすぎなのかとも思ってしまう。

だが、黙ってじっと気遣うように見つめていると、ユウが気まずそうに視線を逸《そ》らして俯《うつむ》いた。そうすると、ハンチング帽のつばの陰になって、目元が隠れてしまう。

それでも何も言ってくれないユウに、千春は距離を感じて落ち込んでしまう。

最近、どうもユウの千春への態度を妙によそよそしく感じることがある。千春の気のせいかもしれないが、彼との間に心理的な距離があるような——。

だが、あえて自分を奮い起こして、カウンターに手をつき、ユウの方に身を乗り出した。

「雪子さんは、美味しいお弁当用意して欲しいだけですよ。自信持ってください」

ユウは千春の顔がすぐ近くに迫り、驚いた様子で瞬《まばた》きした。

それから、はにかむように微笑んだ。

「そう、ですね。とりあえず、共通の好物がいいでしょうね」

「いいですね〜、スパゲティのお弁当！」

千春の分の弁当はもう完成して会計も終わっていたので、千春は挨拶《あいさつ》をして帰ろうとした。その背中に、ユウが声をかける。

「千春さん」

「はい？」

立ち止まって、振り返る。

ユウは、何か言いたげな顔で千春を見つめ——結局、いつも客に向ける笑顔を作って、言った。

「いえ。気をつけて帰ってくださいね」

「……？　ええ、ありがとうございます」

何か違和感を覚えたものの、すぐに次の客が自動ドアを開けて入ってきたので、千春もそれ以上は何も話さず、家路に就いた。

❄

雪子が語っていた通り、雪子の弟親子が札幌に来るのはくま弁の休みの日だった。定休日ではないが、月に一度ある不定期な休業日で、千春はそれに合わせて休みを取っていた。ユウは仕事があるが、昼食は一緒に食べる予定だったし、ユウの仕事が終わったら飲みに行こうという計画があった。

スマートフォンが着信を知らせたのは、昼食の約束のためにくま弁に向かっていた千春の目に、くま弁の赤い庇《ひさし》テントが見えてきたころだった。

液晶の表示を見ると、ユウからだった。

電話に出ると、ユウの少し困ったような声が聞こえてきた。

『千春さん？　すみません、実は今日の昼食の約束ですけど、無理そうなんです』

「えっ」

千春は思わず声を上げて立ち止まった。ふと気付くと、ユウが店の前でスマートフォンを片手に通話しているのが見えた——勿論《もちろん》、相手は千春だろう。

向こうも千春の肉声に気付いたのか、すぐに顔を上げて千春の姿を認めた。

「あっ……」

千春がすでに店の前まで来ていたとわかって、ユウは悲痛な表情だ。

「本当に申し訳ないです……！」

通話を切って千春に駆け寄ると、ユウは改めて千春に謝った。

「いや、お仕事でしょう。仕方ないですよ……」

こうして店が休みの日にユウと過ごすのは、確かに千春にとって大切な時間だったから正直残念ではあったが、たぶん、何か仕事が入ってしまったのだろう。

そのとき、ぎゃっという悲鳴が聞こえて、千春は驚いて振り返った。女性が歩道で転んで倒れている。反射的に大丈夫ですかと声をかけてから、それが知人だったことに気付いた——雪子だ。

「あっ、びしょびしょじゃないですか、大変……」

「うう、お恥ずかしいわ……」

雪子はユウの手を借りて起き上がったが、溶けかけた雪道で転んだせいで長いコートがびしょ濡《ぬ》れになってしまった。

「あっ、そうじゃないのよ、それどころじゃ……あの、うちの弟、もう押しかけたんですか？　さっき、甥《おい》から電話を受けて……」

「あ……いらっしゃっています」

「ああああっ、もうごめんなさいねえ……私の家に来てって言ってたのに……」

どうやら、予定外のことが起こったらしい。千春が雪子にハンカチを差し出していると、半分開いたシャッターをくぐって、壮年の男性が出てきた。

「やあ、姉さんの声、よく聞こえたよ」

「ちょっとお、晴嗣、駄目じゃないの、うちに来てって……」

「いや、姉さんが言ってた店がどんなかなって、近くまで来たから覗《のぞ》いてみただけなんだけど」

「覗いてみたって、今日ここお休みだし、そうでなくとも営業時間外なのよ！」

男性――雪子の弟の加茂野《かもの》晴嗣は、雪子に叱られて頭を掻《か》いた。

「話しかけたら開けてくれたから……」

「伯母《おば》さん！」

晴嗣の後ろから出てきたのは、晴嗣より少し背の高い、ひょろりとした若者だ。伯母さんと呼んでいるのだから、こちらが雪子の甥、美晴だろう。卵形の顔は整って、父より伯母に似て見える。

「美晴、連絡ありがとうね」

「うん、ごめん、父さん俺の話聞かなくて……」

「別に伯母さんに連絡することないだろ、こっちから行くんだから」

「美晴はあんたが私の行きつけの店に迷惑かけてるから連絡してくれたのよ！」

晴嗣と雪子はぎゃあぎゃあと言い合い、かなり喧《やかま》しい。ユウが間に入って仲裁した。

「本当にいいんですよ、せっかく来ていただいたので、ちょっとお話だけでもと思っただけで……それに、お花もくださったんですよ。お店に飾ってくださいって」

なるほど――会話から、千春はだいたいの状況を推察した。ユウが外で掃除でもしている時に晴嗣がやってきた。今日雪子がごちそうしたいと言っている弁当屋が気になったのだろう。晴嗣は花農家だから、自分で育てた花を手土産に持ってきた。ユウはお礼を言って店を開けて入ってもらい、お茶でも勧めたのだろう。で、お休み中なのに悪いよと息子は父を止めたが、父は誘いを断らず店に入り、息子は迷惑じゃないかと心配して伯母に連絡した、と……そんなところだろう。

「よかったら、鷲見様もどうぞ。ちょうど、近所の方から美味《おい》しいお茶をいただいたんですよ。濡れたコートも乾かしていってください」

「えっ、でも……」

雪子は千春を見て、そっと小声で話しかけてきた。

「ユウ君と約束あったんでしょう？」

「あっ、いいんですよ。そういうのじゃなくて、たまたま通りがかっただけで……」

咄嗟《とっさ》の嘘はあまりそれらしく聞こえなかったようで、雪子は申し訳なさそうな顔だった。

「ごめんなさいね……すぐ弟引っ張っていくから」

「いえ、本当に……」

「晴嗣！」

雪子は弟の名を呼ぶが、彼はすでに店に戻ってしまっていた。大股《おおまた》で晴嗣を追いかけようとするが、転んだ時に足首でも捻《ひね》ったのか、足取りが怪しい。千春は急いで彼女を支えた。

だが千春たちが店に入った時には、晴嗣はもうユウに勧められるままに奥の休憩室に行っていたし、千春たちが休憩室に入った時には、晴嗣はどっかりと腰を下ろして、コートも脱いでしまっていた。

「晴嗣、あんたねえ……」

雪子は頭が痛そうな顔で額を押さえている。彼女の足の状態に気付いた美晴が、千春から引き継いで、雪子の身体を支え、座布団の上に座らせてくれた。

「どうぞ、使ってください」

ユウが心配して、保冷剤をタオルで巻いたものを渡してくれた。

それで冷やすと、楽になったようで、雪子は溜《た》め息《いき》を吐いた。

そんな雪子を見て、晴嗣が悪態を吐く。

「転んだのか。どんくさいなあ」

「晴嗣！」

雪子が晴嗣を怖い顔で睨《にら》みつけた。

すぐに弟を引っ張っていく……と言ったものの、雪子も足首を捻っており、千春やユウに勧められ、くま弁で少し休んでいくことになった。

雪子の濡れたコートをハンガーにかけてやったりしているうちに、ユウが千春の分までお茶を淹《い》れてくれていた。帰ろうと思っていた千春は辞去の言葉を考えるが、千春が何か言う前に晴嗣がユウに話しかけた。

「夕食に我々のお弁当を用意してくださっているそうで……お休みの日にすみませんね」

「いえいえ、ご予約いただいていてお作りする時は、営業時間外でもできるだけ対応させていただいておりますので」

「そうなんですか、そりゃあ休みもないんじゃありませんか?」

「こういうことはたまにですから。不定期にお休みさせていただくこともありますし、帳尻《ちょうじり》は合わせていますよ」

「そうでしたか。いやあ、今日は楽しみにしておりまして……なあ、美晴」

美晴は真面目そうな顔でユウに頭を下げた。頷《うなず》いたのではなく、よろしくお願いしますとか、すみませんとか、そういう意味合いのものに見えた。

ユウは晴嗣と美晴に言った。

「苦手なものがあればおっしゃってくださいね。スパゲティがお好きと伺っていますが……」

「あ、それは美晴ですね」

「え? 晴嗣も好きだって言ってたじゃないの」

雪子が怪訝《けげん》そうにそう言った。

「いや、俺が好きなのは付け合わせのスパゲティだよ、あるだろ、ほら、バターで炒《いた》めただけの……ハンバーグとかとんかつの付け合わせにあれが添えてあるのが好きなんだよ」

確かに、よく弁当で肉料理の付け合わせにパスタが添えられていることがある。あれのことか。

だが、それまで黙っていた美晴が、苦々しげに言い捨てた。

「あんなの味気ない。俺はナポリタンとか、味が付いているのがいい」

「だからそれじゃ付け合わせにならんだろう。いいか、あのスパゲティはな、おかずの油っぽいのと一緒にしておくと、油を吸収してくれていいんだぞ」

「別に油とかどうでもいいし」

「冷めた揚げ物なんてぎとぎとになるだろうが。それをあのスパゲティがだな……」

「いや、俺は多少揚げ物がてかてかしていようが、パスタは味が付いていないといやだよ」

「おまえ、ほんっとわかってねえなあ」

「いや、父さんこそ、とんかつしか見てないよ。あの味気ないスパゲティ食べる時の、いやな気分を無視しちゃ駄目だって」

「嫌な気分になんかならねえよ、うまいし」

「…………」

美晴は、眉《まゆ》をひそめて父の顔をまじまじと見た。

「なんだよ、父さんの作る弁当に文句あるのか？」

「父さんとはわかりあえないなって思っただけだよ。この前だって……」

「それを言うなら、おまえが先週作ったあの弁当はなんだよ。溶けるチーズなんて入れるから、冷めて固まってただろ」

「チーズ味が好きだから溶けてなくてもいいんだよ、あれはあれで」

「よくねえよ」

晴嗣と美晴は睨みあってしまう。千春は思わずユウを見やった。何しろ、ユウはスパゲティが親子共通の好みだと聞いていたのに、これでは話が違う。

「ど、どうします?」

そう囁《ささや》くと、ユウは思案げに小首を傾げた。

「どう……しましょうね」

困ったというよりは、親子のやりとりに圧倒されている様子だった。

晴嗣はとんかつの付け合わせとしてのスパゲティが好きで、美晴はきちんと味がついたスパゲティが好き……。同じスパゲティでも、それは普通、両立しない。

晴嗣と美晴は睨みあい、その間に雪子が割って入った。

「はい、そこまで! あのねえ、いい加減にしなさいよ。相手の意見は尊重して」

「でもよ、姉さん、こいつ……」

「自分の意見を押しつけない!」

晴嗣は不服そうに口を尖《とが》らせたが、一応黙った。

子どものような表情の弟に、雪子は溜め息交じりでお説教した。

「進路のことだってそうよ。美晴の意見をきちんと聞いて。あなたのことだから、また話も聞かずに自分の農場継がそうとしているんでしょう」

「んなことしてねえよ」

ふて腐れた顔で、晴嗣が言った。

美晴も、ハッとした様子で、口を挟んだ。

「伯母さん、すみません。そうじゃないんです。そうじゃなくて……」

「こいつの部屋から予備校のパンフレットが見つかったんだよ」

予備校――まあ、大学進学を控えているのなら、パンフレットを揃えていてもおかしいことはない。それがどうした、という顔の雪子に、晴嗣が説明した。

「美術系の予備校だよ。美大とかデザイン系の学校受験するなら、そういうとこで勉強しなきゃなんねえだろ」

「ああ……！」

思わず千春は声を漏らした。そうか、そちらの進路を考えていたのか。雪子の方も驚いた様子で目を瞠《みは》って、美晴を見やった。美晴は、渋面だった。

「美晴、本気で美大目指してるのかい」

「いや、違うんだよ、伯母さん。俺は農業の勉強できる学校に行くんだ」

んん？

その場にいた、晴嗣と美晴親子以外の誰もがなんとも不思議そうな顔をした。

「それならどうして予備校のパンフレットなんて揃えてたんだって話だろ」

晴嗣が不満顔でそう言う。

「だから、パンフレット取り寄せたけど、最終的にはやっぱり農業系の学科がある大学への進学を目指すってことだよ。そう決めたんだから、それでいいだろ」

「本当は美大行きたいんだろうが。それならちゃんと逃げずに勉強して受験すればいい」

「だからそれは……」

美晴は何か言いたいことがありそうなのに、口を噤《つぐ》んでしまった。

はあっ、という大きな溜《た》め息《いき》が聞こえて見ると、雪子があきれ顔をしていた。

「何よ、そっちなの？　私、てっきり逆かと思ったわ。美晴が美大行きたくて、晴嗣がそれに反対しているのかと……」

「違《ちげ》ぇよ。俺は無理に農場継がせたりしねえよ」

「そうはいっても、継ぐ人いなかったらそれはそれで困るでしょう……」

「親の仕事を継がなきゃならねえのを言い訳に美大進学を諦《あきら》めるようなやつには、そもそも俺の農場継いで欲しくねえな。農場はおまえの逃げ道じゃないんだ」

そう言って、晴嗣はぷいと横を向いた。

なるほど……晴嗣には彼なりの主張があるのはわかったが、結局美晴の意見は無視しているようにも見える。

「言い訳になんかしてない」

美晴が、低い声で呟《つぶや》くように言った。

「なんだって？」

聞き返す父を睨みつけ、彼ははっきりと言った。

「これは逃げ道じゃないんだよ。どうすれば納得してくれるんだよ。父さんみたいに俺も絵をやめれば認めてくれるのか？　じゃあやめてやるよ、金輪際、もう絵は描かない」

――父さんみたいに？

晴嗣は驚いた様子で腰を浮かせた。

「おまえ何言ってるんだ、父さんが何をやめたって――」

「陶芸やってたのに、農場継ぐ時にやめたの知ってるんだからな」

「父さんがやめたのは単に世話になってた窯元が廃業したからで……おまえは別にやめなくたっていいだろ！」

「やめるのは俺の自由だ！　自分が続けられなかったからって、俺にやらせるのはおかしいだろ！」

「そうじゃない！　父さんは――」

だんっ、と雪子がちゃぶ台を平手で叩《たた》いた。

「いい加減になさい！」

端で見守っていた千春まで、びくっと震えてしまう迫力があった。

晴嗣と美晴も黙って、雪子を見ていた。

「あのねえ、美晴。確かに晴嗣も大概だけど、あんたも落ち着きなさい。つまらない言い合いで、大事なことをおろそかにしないの」

雪子はそう言うと、スマートフォンを取り出して、ちゃぶ台に置いた。その待ち受け画面をのぞき込み、美晴はハッとした顔をする。

それは、一枚の絵だった。

どうやら、壁にかかっている絵を撮った写真らしく、少し反射して見えにくいところはあるが、薔薇《ばら》と、それを包み込むように持つ手を描いたものだった。

光の描き方が絶妙で、まるで花が内側から柔らかく輝いているようだ。特にまさにほころびようとしているつぼみを見ていると、その花弁の重なりの中に吸い込まれそうになる。薔薇を持つ手を見ると、しっかりと描き込まれ、指は太く、手の皺《しわ》に入り込んだ土の汚れや、皮膚の分厚さまでよくわかる。

「はあ……綺麗《きれい》ですね」

しばらくまじまじと凝視してから、千春はようやくそれだけ呟いた。胸を打たれたような、心が動かされたような思いがあったが、それをどうにもうまく言えなくて、そんな素っ気ない感想だけが出てきたのだ。

「これ、入選したのよ。北海道の、展覧会で」

誇らしげに雪子は言って、スマートフォンを持ってその画面を晴嗣に突きつけた。

「ほら、ちゃんと見て。初めてでしょ」

「あ、ああ……」

「えっ、見たことなかったんですか」

「いや、展覧会に出してたのも初耳で……」

俯《うつむ》いた美晴が、もごもごと言った。

「学生美術の第二部で……先生に勧められて……出品手数料も二千円だったし、自分で払えたから……」

「おまえ……」

それきり晴嗣は絶句してしまう。じっと絵を見つめていたかと思うと、美晴を見て、もう一度絵を見る。

そしてやっぱり美晴を見て、その肩を摑《つか》んだ。

「おまえ、やっぱり美大行け」

「だから、俺は……っ」

困った顔で、美晴はそう言うが、それ以上が続かない。

「だから……」

結局、そう言ったきり、また口を噤んでしまう。

かっとなって絵をやめると口走ってしまったのだろうが、そもそも、大事な話を美晴はしていないと千春は感じた。何故花農家を継ぎたいのか——彼は言葉にできていないのだ。

雪子はもどかしげに何か言おうとするが、ああ、もう、と呟いただけだった。

どうしたらこの親子の話し合いはうまくいくのだろうか。いや、あるいは、うまくいくかどうかなんて、そんなことを考えているから噛《か》み合わないのか。雪子から相談を受けた手前、千春も他人事《ひとごと》ではいられず、二人の様子を窺《うかが》いながら言葉を探した。

「あの……」

千春が口を開いた時、突然部屋に大きな音が鳴り響いた。

……たぶん、おなかの音だ。

美晴が、顔を赤くして、またもごもご言った。

「……ごめん」

千春は壁の時計を見た。もう十三時を過ぎている。どうやら親子はまだ昼食を食べていなかったらしい。

場の雰囲気が緩んだ瞬間、ユウが突然ハッとした様子で発言した。

「そうだ、食事にしませんか？」

びっくりした様子で、美晴と晴嗣がユウを見やった。たぶん、ユウがずっと黙っていたから、ほとんど存在を忘れていたのではないだろうか。

「え……いや、しかし、姉が頼んだのは夕食の分でしょう？」

晴嗣が遠慮がちに言った。

「大丈夫、すぐお作りできますよ。それとも、これからどちらかでお食事の予定がありますか？」

「いや、そういうわけじゃ……」

「では、空腹の方もいらっしゃるようですし、是非ご用意させてください」

「はあ……」

晴嗣と雪子が顔を見合わせ、雪子が答えた。

「では、急で申し訳ないんですけど、お願いします」

「かしこまりました」

ユウは嬉《うれ》しそうに立ち上がって、厨房《ちゅうぼう》に消えた。

千春はユウが気になり、雪子と親子を置いて、ユウを追いかけ、厨房で話しかけた。

「大丈夫ですか？」

「いやあ、どうでしょう」

自信なげな答えが返ってきて、千春はぎょっとした。てっきり、何か摑んで、良いメニューを思いついたのかと思った。

だが、ユウの表情は晴れやかだった。

千春が不思議そうに見ていると、彼は照れたように笑って肩をすくめた。

「いや、思い出したんです。空腹の人をそのままにしておくなんて、そんなことしちゃいけないって」

「ユウさん……」

吹っ切れた様子のユウを見て、千春はほっとした。ここしばらく、ユウは元気がなく、自信がないように見えたから。

「でも、何作るんですか？　結局スパゲティですか？」

「そうですねえ」

ユウは大きな鍋《なべ》を取り出して、水を注ぎ始めた。スパゲティを茹《ゆ》でるための鍋だろう。

「……お父さんと、息子さんと、どっちに寄せていくんですか？」

「どちらに寄せても、よくないでしょうね」

それはそうだ、お互い自分の意見を押し通そうとしているのだから、ひいきされなかった方は納得できないだろう。

千春は溜《た》め息《いき》交じりに呟《つぶや》いた。

「どっちもってできればいいんでしょうけど」

「どっちも……」

ユウはそう繰り返すと、何か考え込む様子で黙った。

千春は雪子から見せてもらった待ち受けを思い出して呟いた。

「絵も、花も、息子さんどっちも大事なんだろうなあって、あの絵見たら伝わってきたんです。私は本人の意思が大事じゃないかなあとは思いますけど、お父さんの方の気持ちも、なんかわかるというか……息子が自分の本当の望みより、家とか農園のことを優先してるんじゃないかって思ったら、受け入れにくいのかも……実際、予備校のパンフレットを取り寄せるくらいには、考えたことなんでしょうし」

進路として選べるのはどちらか片方だから、どちらもというわけにはいかないのだろうが。付け合わせのスパゲティと、付け合わせではないスパゲティが両立しないのと一緒だ。

「どっちも、やってみましょうか」

ユウが突然そう呟いたので、千春はぎょっとした。

「えっ？　いや、自分で言っておいてなんですけど、さすがにそれは無理じゃないですか？」

「北海道は、千春さんが思ってるより広いんですよ」

ユウの言葉の意味がわからず、千春は、「は？」と聞き返してしまう。

ユウは微笑んだ——不思議と、少し寂しげな笑みにも見えた。

「千春さんがまだ知らないこともたくさんあるんです」

「？　はい……」

「だから……」

見つめ合う。ユウの目は、やはり悲しいような、寂しいような、そんなふうに見えた。

だが、彼は微笑んで、その目を細めてしまったから、千春は彼のこころを掴み損なった。

「……千春さんの分もお持ちしますから、休憩室で待っててくださいね」

「はい……」

ユウが何を言いたかったのか訊《き》き出したかったが、今は客がいる。

千春は疑問と胸騒ぎに蓋《ふた》をして、雪子たちのところに戻った。


「お待たせいたしました」

いつものようにそう言って、ユウが戻ってきたのは、二十分ほど後のことだった。

ユウは数個の弁当箱を重ねて持っていた。くま弁のいつもの発泡スチロール製の弁当箱だが、いつものものよりやや大きめだ。中身はいったいなんだろうか？

「あの、じゃあ、いただいていいですか？」

配られた弁当を前にして、耐えられない様子でそう声を上げたのは美晴だ。彼の気持ちもわかる気がした——何しろ、弁当箱からは良い匂いが漂っていた。この匂いは……。

かなりおなかが減っているらしい美晴が、白い蓋を取って、最初に弁当と対面した。

美晴の口から、あっ、という驚きの声が漏れた。

千春も気になって、急いで蓋を開けた。

弁当箱には大量のスパゲティが詰め込まれ、その上に巨大なカツが添えられている。

驚くべきことに、ミートソースがカツの上からたっぷりかかっている。揚げた肉にさらに肉を主要素としたソースをかけるのか……と千春は衝撃を受けた。これは濃い。もう、見ただけで、千春の口の中には揚げたてのとんかつの食感と、それに絡む熱々のミートソースの味が広がった。勿論《もちろん》、美味《おい》しそうだ。だが、これは……。

「釧路《くしろ》名物スパカツです」

えっ、料理名あったの？　と千春はユウの説明を聞いて少なからず驚いた。

「本来は熱々の鉄板の上でいただくものなので、あくまでこれはスパカツ風弁当、ですね。是非熱いうちにどうぞ」

なるほど、と千春は胸中で呟く。上からたっぷりソースがかかっているとはいえ、カツの下のスパゲティはバターを絡めただけのようだから、晴嗣が好きな付け合わせのスパゲティと、美晴が好きな付け合わせではないスパゲティ、これはどちらも兼ねている……と言えるかもしれない。

「…………」

だが、明らかに、晴嗣は不満がありそうな顔だ。眉《まゆ》を寄せ、唇を尖《とが》らせている。彼はさも意味ありげに弁当とユウを見て言った。

「これは、我々の希望を入れて作ってくださったのだと思いますが、ちょっと安易すぎやしませんか？」

「ちょっと、晴嗣！」

雪子にとがめられて、晴嗣は肩をすくめた。

とはいえ、晴嗣の言うこともわかる気はする……彼が好きだと言ったのはとんかつに添えられたバター味のスパゲティであり、たぶん、ミートソース味のとんかつは想定していなかったはずだ。

「……まあ、よかったじゃないか、美晴。希望通りのスパゲティだぞ」

フォローのつもりか、晴嗣はそう言ったが、息子の方は父の言葉にムッとして言い返した。

「俺だって別にミートソース味のとんかつが食べたかったわけじゃないし……あ、いや……」

口にしてから、ユウを目の前にしていることを思い出したのか、気まずそうに言葉を濁した。いや、もう完全に食べたかったわけじゃないと言い切っているのだから、言葉を濁すも何もないのだが。

だが、ユウは、二人を前にして笑みを零《こぼ》している。

晴嗣は訝《いぶか》しそうだ。

「？　どうして笑うんですか、何かおかしいことでも？」

「これは失礼しました。お二人がよく似ていらっしゃったので」

晴嗣は眉を跳ね上げ、息子の顔を見やった。

「似てる……？」

「…………」

美晴の方も、不満げに父を睨《にら》みつける。

だが、雪子はユウの言葉を聞いて、噴き出すように笑った。

「ふふっ、言われてみたら本当ね。おんなじ顔で不満零して……すみませんね、ユウ君」

「伯母《おば》さん、やめてよ」

「だって、今のあんたたちの顔もよく似てるわよ」

言われてみれば、似ていると言われた今、二人とも片眉を上げて口をへの字にして、同じ表情を浮かべているし、さっき弁当を前にした時も、眉を寄せ唇を突き出して、同じように不満そうな顔をしていた。

「表情おんなじですね」

千春までそう言ってしまった。

親子は困った顔で顔を見合わせ、すぐに腹を立てた様子で逸《そ》らしてしまうが、その仕草もよく似ている。

「性格も、よく似ているのでは？　お二人とも、自分の考えを絶対に曲げない、意志の強さが似ているように見えます。それでは意見が食い違うと、なかなか歩み寄りも難しいでしょうね」

ユウは結構ずばずばと言う。

「頑固って言いたいんですか」

ますます口をへの字に曲げて、怒った様子の晴嗣がそう言った。

「心外ですね。私は息子のためを思って言っているんです。絵で勝負しようって一度は考えたのなら、もっと真剣に……」

「だから真剣に考えた結果、花農家継ぐって言ってんだろう！　だいたい絵で勝負なんて簡単に言うなよ！」

「花で勝負するのだって簡単じゃねえんだよ」

晴嗣はそう言い、むっつりとした顔で美晴を睨《ね》めつけた。

「おまえの真剣ってのがなんなのかって話してんだろ」

美晴は――ふいと顔を背けてしまう。

「美晴君」

ユウがそんな彼に声をかけた。

「まだ、どうして花農家を継ぎたいのか、お父さんに話していませんよね？　考えがあるのなら、話さないと、伝わりませんよ」

「……話したって、父さんはわかってくれません……」

「お二人はとっても似てるんですから、大丈夫ですよ。きっと、わかりあえます」

「…………」

話さないと伝わらない、というのは、ユウの実体験に基づくような気がした。彼は父のことをよくわからないと言っていた――そのことを、後悔しているようでもあった。

勿論、世の中わかりあえる親子ばかりではないだろう。

だが、確かに千春も端で見ていて、この親子は歩み寄れる部分もあるのではないかと感じていた。

「……おまえがどう思っているのか、口で言ってくれよ」

晴嗣の方もそう言って、息子の話を促した。

美晴は、言葉を整理しているようだった。

「小さい頃、花が嫌いだった」

手のひらをズボンで擦《こす》って、汗を拭《ぬぐ》い、彼はぽつぽつと語っていった。

「……だってすぐしおれるから。どんなに大事に育てても、むなしくなるだけだって思ってた。でも、絵を描くためにずっと花を見ていて、気付いたんだ。父さんが育てた花は本当に綺麗《きれい》で、生き生きしてて、見ているだけで、なんか……命をお裾《すそ》分《わ》けしてもらってるみたいな気持ちになる。俺の絵を見て、生きてるみたいだって言ってもらえたことがあって、本当に嬉《うれ》しかったけど、でも、俺は、絵だけじゃなくて、父さんの花が褒められたみたいで、そのことも心から嬉しかったんだ……」

真剣な目で、美晴は父を見た。

「絵は好きだし、本気で美大も考えた……でも、俺は花を育てたい。……そ、その入選した絵だって、父さんを描いたものなんだ」

「俺を……？」

晴嗣は驚いた様子で、スマートフォンの待ち受け画面をもう一度見た。花を包み込む泥だらけの手が、晴嗣なのだろう。

「その絵のタイトル……なんていうと思う？」

雪子が、そっと尋ねた。それから、美晴を見やって、教えるように促す。

美晴はもごもごと口の中で呟《つぶや》くように言った。

『背中』っていうんだ」

描かれているのは花と手だ。だが、確かにそこには『背中』があるのだろう。

美晴がずっと見てきた、『父の背中』が。

「俺、父さんみたいになりたいんだ」

美晴は、真っ赤な顔で、そう呟いた。

小さな声ではあったが、それははっきりと、千春にも、そして勿論《もちろん》、晴嗣にも聞こえた。

晴嗣の様子を窺《うかが》うと、彼はぽかんと口を開けて息子を見ていたが、その目にきらりと光るものが見えたかと思うと、がばっと顔を両手で覆って隠してしまった。

「と……父さん？」

晴嗣の顔は手で覆われていてどんな表情なのかわからないが、耳が——泣いているみたいに、赤い。

息子からのこれ以上ないくらいの尊敬の念を受けて、晴嗣の方も思いが溢《あふ》れてしまったのだ。

「おまえ……なあ……」

震え声が聞こえてくる。言葉にならないのがよくわかった。雪子も泣いていて、ハンカチで目元を押さえた彼女は、弟に穏やかな声で尋ねた。

「ティッシュいる？」

晴嗣は俯《うつむ》いて、顔を手で覆い隠したまま、頷《うなず》いた。

差し出されたティッシュでぐちゃぐちゃになった顔を拭《ふ》き、鼻をかみ、それでもまだ溢れる涙を拳《こぶし》で拭い、指で払《ぬぐ》い、彼はそれまでにない、か細い声で言った。

「そんなこと言われたらよ、おまえ……」

あまりに涙声だったからか、そこで一度咳払《せきばら》いをして調子を整える。

「……しっかり勉強して、合格しろよ。おまえが帰ってきて、一緒に仕事できるの、楽しみにしてるからよ……」

「父さん……」

美晴も感極まったような震える声だったが、照れたのか、笑って頭を掻《か》いた。

「帰ってきて、って言われても、俺、まだ高校生だからもう一年は一緒に暮らすんだよ」

「おう、わかってるっての」

はは、と晴嗣は笑って、美晴の背中を平手でばんばんと叩《たた》いた。

その強さに美晴は顔をしかめ、それでも二人とも、笑っていた。

よかったな、と思う反面、千春はちょっとした問題を抱えていた。

何しろ、時刻はすでに十三時を回っていたし、目の前にはユウが作ったスパカツ風弁当が置かれ、揚げたてのカツの匂いとミートソースの匂いが混じり合い、否応《いやおう》なく空腹の胃袋を刺激した。

そして、ついに。

ぐううう、というかなり大きな音が響いてしまった。

しかもそれは、ぐうう、ぐううう、と続いて鳴り響く。

先ほども腹を鳴らした美晴が、雪子から見つめられて首を振る。彼ではない。

「腹減ったなあ」

そう言って笑ったのは、晴嗣だ。

「そうですね……」

照れ笑いを浮かべて言ったのは、千春である。

最初に千春が腹を鳴らし、それに続いたのが晴嗣だった。

「どうぞ冷めないうちに」

ユウに勧められて、それぞれフォークを手に取った。

スパゲティの上にカツ、その上からミートソースという絵面はいかにも男子高校生が好みそうに見えたし、実際、勧められて真っ先にいただきますを叫んでフォークを手に取ったのは、美晴だった。どこから食べたものか一瞬迷った様子も見えたが、すぐにとんかつにフォークを突き刺し、一口でその大きな切れの半分ほども食べた。

「あつっ」

ソースか、とんかつか、どちらかが思いのほか熱かったらしく、小さく叫んでしまう。

それでも口を大きく動かして、肉を食べる。

彼の食べっぷりに、くま弁のとんかつのしっかりとした噛《か》みごたえ、脂の熱さを思い出し、千春は急いで自分もとんかつに齧《かじ》り付いた。

厚めのざくっとした衣に、どろどろのミートソースが絡む。衣で守られたロース肉は分厚くて、噛めば口の中に脂の甘みと肉のうまみが広がる。とんかつならとんかつソースだろうと思っていたが、こってりしているものの、これはこれで合う。たっぷりの野菜と肉をしっかり煮込んで作ったソースはトマトの風味が強めで、勿論これだけでスパゲティを絡めて食べても美味《おい》しいだろう。たぶん、このソースは、親子の共通の好みがスパゲティと聞いたユウが、朝から作っておいたものだ。

ミートソーススパゲティにとんかつだからかなりのボリュームだ。食べて行くと結構すぐにおなかに溜《た》まる感覚があるが、しかし食べる手を止める気になれない。もちもちした太めのスパゲティと、ミートソースと、とんかつと……。ミートソースが、スパゲティととんかつの両方を美味しく食べさせてくれる。

「すみません。さっきはあんなこと言って。スパカツ、美味《うま》いですね……」

半分くらい一気にスパカツを食べた晴嗣は、申し訳なさそうに頭を下げた。

「お口に合ってよかったです」

「意外ですね、肉と肉なのに、ちゃんと合うんですから」

「ほんとね。カツカレーみたいなものかしら」

雪子がそう言うと、晴嗣が渋面で言い返す。

「いや、あれはカレーの方には肉入れないだろう」

「そう？　私入れちゃうけど」

「おまえ……肉好き過ぎだろう……」

「でも美味しいのよ？」

姉弟《きょうだい》が何やら言い合っているが、間に挟まれた美晴は無心に食べている。

そんな彼に、ユウが語りかけた。

「お口に合いましたか？」

「！」

突然話しかけられて、美晴は目を丸くして顔を上げた。

「あ、ゆっくり食べてください」

「……いえ、大丈夫です。あの、美味しいです。スパゲティも、とんかつも、両方美味しいです」

「それならよかったです」

ユウはにこっと笑いかけた。

「案外、続けられる気がしてきませんか？」

「え？」

「花も、絵も、どちらも続けられる気がしてきませんか？」

なるほど——千春はあらためて、自分の弁当を見下ろした。この弁当においては、スパゲティも、とんかつも、どちらかがどちらかの添え物ではない。両方あっていいし、両方あってこその美味しさがあるのだ。

だから、それになぞらえて、ユウは美晴を励ましているのだ。

「……俺……」

美晴は、一度は絵を描くのをやめると言った。それはたぶん、売り言葉に買い言葉で、決して本心からの言葉ではない。

だが、一度口に出してしまったことをたやすく覆すこともできないのだろう、美晴は唇を引き結んで俯いてしまった。

そのとき、彼の目に、食べかけのスパカツが入った——そして彼は突然吠《ほ》えるように叫んだ。

「父さん！」

おとなしく見えた美晴からこんなにも力強い声が出たのが意外だった。

だが、晴嗣の方は動揺もせず、美晴を見つめている。

「さっきのは撤回させてください！　父さんの花農家を継ぐのは俺の夢だけど、絵も描き続けたいんだ。どっちも、俺には大切だから……」

美晴は晴嗣の目を見てそう言った。

晴嗣はしばらく目を合わせてから、ふと微笑んだ。

「わかってるよ」

その一言に込められた思いを、美晴はきちんと受け止めたのだろう。彼は顔を泣きそうに歪《ゆが》めながらも、笑った。

「ありがとう、父さん」

突然雪子がぱんぱんと小気味よい音をさせて手を叩いた。

「はいはい、じゃあこの話はこれでいいわね！　お弁当食べましょう、お弁当！　もう、せっかく温かいのに、あなたたちが真面目な話しちゃうから食べにくいったら」

その言葉に皆笑って、それぞれ食事を再開した。

❄

晴嗣と美晴の親子が来店してから、すでに二週間ほどが経っただろうか。

昼間は気温が上がっていたが、まだ夜や明け方は冷え込んで雪が凍る、そんな時期《じき》のことだ。千春はくま弁の前にたどり着いて安堵《あんど》の息を漏らした。店の前はユウや桂が綺麗《れい》に雪を掻いてくれていたが、そこまでの道のりはシャーベット状に一度溶けた雪が固まって、ひどく歩きにくかったのだ。

「こんばんはあ……」

店内に入り、疲れ切った声で挨拶《あいさつ》すると、ユウと話していた女性客がこちらを振り向いた。卵形の顔でどこか菩薩《ぼさつ》像を思い起こさせる、雪子だった。

「こんばんは。この前はありがとうね、小鹿さん。それに、うちの身内の話に付き合わせてデート台無しにしちゃってごめんなさい」

そういえば、あれ以来、雪子に会っていなかった。時間帯が合わなかったのだ。

「いや、デートなんてそんな……あの、その後どうですか、美晴君たち……」

「うん、結局農業勉強してから跡継ぎたいって。絵も描き続けると思うけど、今は勉強頑張るみたい」

良かったわあ、と雪子はしみじみと呟《つぶや》いた。

「今、ユウさんとも話していたんだけど。美晴ね、母親が病気で入院していた時、毎日花の絵を描いて持って行ってたの。切り花はすぐに駄目になるからいやだって言って。母親を亡くしたあとは、しばらく引きこもっててね……ある日、晴嗣が花の種をプレゼントしたんだけど、美晴は、一年草は秋には枯れるからいやだって言ったらしいの。でも、切り花でも、一年草でも、命が終わるまで綺麗に花を咲かせてあげようって晴嗣が言ったもんだから、一緒に鉢植えに種を蒔《ま》いて、部屋のベランダで育て始めて……美晴はまた毎日絵を描いてた。毎日、毎日、その一瞬を大事そうに描き続けていた。秋になって、花が枯れた時、あの子は泣いたけど、その次の年も花を育てた。毎年、毎年……種を採ったり、交配したり、絵を描いたり、繰り返しながら」

過去を思い返したのか、雪子はしんみりとした様子で遠くを見つめ、ユウと千春に微笑みかけた。

「仕事にしたいっていうのと、一生続けていきたいっていうのは、それぞれあっていいのよね。別に片手間に絵を描くっていうのじゃないの。どっちもあの子には大切なんだと思う。それはたぶん晴嗣もわかってるし……美晴も、きっと続けていくんだと思う」

ふふ、と雪子は不意に笑いを零して言った。

「ほら、とんかつとスパゲティみたいにね、両方とも」

「ちょっと強引だったかなあとは思っていたんですが」

ユウが照れたようにそう言った。

「いいえ、よかったわあ、あれで美晴励まされたんだし、何より美味しかったから！」

「そう言っていただけたのならよかったです」

「そうだわ、それでね、あの子がこの前看板描いたのよ、農場の。その写真送ってきたから、是非見てやって！」

雪子はそう言ってハンドバッグから封筒を取り出し、そこに入っていた一枚の写真を見せてくれた。澄み切った青空の下、まだ雪が残る農場に大きなビニールハウスがいくつも建っているのが見える。その前に立つ晴嗣と美晴は笑っていて、彼らの間には道路から見えるように立てられた看板があった。シクラメン、マリーゴールド、チューリップ、様々な花が描かれた、美しい看板に、『かもの花農園』という文字が躍る。晴嗣と美晴は、二人とも、口を開けて、目を細めて、顔をくしゃくしゃにして笑っていた。同じ笑顔だった。見ているだけで、千春にも笑顔が伝染してしまった。

「よかったですねえ」

「ねえ、本当にねえ」

雪子も千春も笑い合った。

写真を渡されたユウは、眩《まぶ》しそうに目を細め、穏やかに微笑んだ。

しみじみと、愛おしそうに写真を見つめるその顔が、千春の胸に鈍い針のように刺さった。ときめいた――というのとは違う。ユウが、彼の父について語った顔を思い出したのだ。暗く沈んだあのときの顔は、今浮かべている表情とは違うのだが。

ただ、なんとなく、今ユウは、自分の父親とのことを考えているのではないかという気がしたのだ。

それじゃあね、と雪子が言って、重ねてユウと千春に礼を言って帰って行った。

雪子を見送ってから、ユウは千春に向き直った。

「千春さん、今日は何にしましょうか。といっても、今日は売れ行きが良くてもうほとんど残っていないんです」

「予約すればよかったですねえ。もう少し早く来られる予定だったんですが……」

少し考えて、千春はちらっとユウの様子を窺《うかが》った。

こちらを見ていたユウと目が合った。

「どうかしましたか？」

「あの……良かったですね、加茂野さん親子」

「そうですね」

ユウは照れたように笑った。

「僕も、父と同じ道を志したので、ちょっと共感というか……感情移入してしまったのかもしれません。僕と違って仲良くやっていけそうでよかったと——」

深刻そうな話になってしまったことに気付いて、ユウは慌てて付け加えた。

「あ、いや、僕も別に父とは不仲というわけではなく……仕事上ではうまくやっていたと思いますし、尊敬もしてましたから。ただ、一緒に仕事してる時も、あまり自分のことを話さない人で……僕も今でもよくわかっていなくて……だから、余計、彼らがちゃんと話し合えて、良かったと思うんです」

「……前に、ユウさん、お弁当の話をしてくれたじゃないですか。車のお弁当箱に、ハンバーグナポリタン弁当を詰めてもらったっていう……」

「ああ、はい……」

急に何の話かと、ユウは驚いた様子だった。

「あれを聞いた時に思ったんですけど、もしかして、あれはユウさんのお母様じゃなくて、お父様が作ったものなんじゃないでしょうか」

「父が……？　何故そう思ったんですか？」

「だって、お母様は、洗いにくいからっていう理由で、そのお弁当箱をあまり使わなかったんですよね。それなら、脂がついてしまうハンバーグナポリタン弁当なんて、余計詰めない気がしません？　それに、ナポリタン、普段はペンネなのに、その日は違ったんでしょう？　食べにくかったって、ユウさん言ってましたよね。お父様が、ユウさんの好みを知らないで、お弁当に詰めてしまった……とかは？」

「それは……」

ユウも否定しにくい様子だった。むしろ、千春はユウがその可能性に思い至らなかった方が不思議だった。いつもなら、他人のことなら、察しのいいユウなのに。

「お父様はおうちではお料理されなかったんですか？」

「することもあったと思いますが、そもそも、家にいないことも多かったもので、正直、何を考えているのか、よくわからない人でした。そんな父が、僕のためにお弁当を作るなんて、ちょっと……現実的じゃないというか……」

はは、とユウは乾いた、ざらついた声で笑った。

「僕に都合が良すぎる気がするんです」

口にしてから、ユウは取り繕うように笑った。

「すみません、千春さんがそんなふうに言ってくれているのに。僕は……これだから、黒川さんからひねくれ者って言われるんでしょうね」

首の後ろを擦《こす》って、うつむく。彼の目元は帽子のつばで隠れてしまった。口元は笑みの形だ。

「時々、思うことがあるんです。こんな僕じゃ、千春さんにはふさわしくないんじゃないかって。ほら、親の愛情も信じられないなんて……」

「どうしてそんなこと言うんですか」

ユウは何も応《こた》えてくれない。千春は逡巡《しゅんじゅん》しながらも、話を切り出した。

「何か、最近ユウさん変ですよ。私に言いたいことがあるんじゃないですか？」

千春はカウンターの上にあった彼の手を摑《つか》んだ。

ユウは千春の手を見つめながら、やっと、小声で喋《しゃべ》った。

「……聞いたんです、黒川さんから。いや、本当は、前からわかってはいたんです」

言いにくそうに言葉を切り、ユウは千春を見つめて言った。

「千春さん、札幌への転勤は三年だけですよね」

「あ……」

ぎくりとして千春は身を竦《すく》めた。今まで言わずにきてしまった、その申し訳なさと気まずさから、固まる。

ユウは、わかっていたと言った——確かに、千春も、ユウが転勤に期限があることは理解しているだろうなと思っていた。お互いに、話題にはしていなかった。付き合い始めたばかりで、気にしつつも、なんとなく避けてしまっていた。

良い選択をしたいと千春自身は思っている——できるだろうと思っている。

でも、相手にそれを強いるような期限を提示するのは、フェアではないような気がしてしまって、尻込《しりご》みしていたのだ。

「す、すみませ……」

謝ろうとする千春を、ユゥが手を摑んで制した。

「謝らないでください。僕もあえて話し合ってこなかったんですから、千春さんだけの問題じゃないんです」

なんとなく感じていたここ最近のユゥの態度の変化は、これに原因があるのだろう。頭で予想できていたことでも、黒川からいざ言われて、色々考えてしまったのだ。

「千春さんとの未来を考えた時、僕は……僕でいいのかと……」

ユゥはうつむき、再び、目元が帽子のつばで隠れる。

千春だけの問題ではないとユゥは言うが、そもそも千春が大事な話をしないままでユゥを不安にさせてしまったのだ。どうすれば伝わるだろう——自分が彼をどう思っているのかが。

千春は思い切って彼の帽子のつばに手をかけ、帽子を奪い取った。

奪った帽子を自分の頭に乗せる。少し大きいが、かぶれないことはない。

「あの……？」

驚いて目を白黒させているユゥに、千春は宣言した。

「今日のお夜食、私が作ります」

「えっ？　いや……夜食って、別に食べてませんけど……」

「今日くらいいいじゃないですか」

千春はそう言ってユウの頭にまた帽子を戻した。今度はつばで顔が隠れないよう、ちょっとつばを上げて被《かぶ》らせる。

「どうせもうそろそろ店仕舞いですよね？　とりあえず買い物行ってきます」

「いや……えっ？」

千春は宣言通り買い物に出かけ、三十分ほど経ってから戻った。その間に弁当が売り切れたのか、ユウは店の前で本日のオススメを書いた黒板を店内にしまっているところだった。

「ユウさん、お待たせしました」

「あ、いえ、ちょうど今店仕舞いするところで……」

千春は買い物袋を抱えて店に戻り、カウンターにそれを置いて、脇のスイングドアから厨房《ちゅうぼう》に入った。ごはんをごちそうしてもらうときなどに、厨房に入って手伝ったことはある。勝手はある程度わかっている。

「じゃあ、作ってますから、休んでてください。あ、エプロンありますか？」

「はい……」

ユウが差し出した洗い替え用らしいエプロンを貸してもらい、中途半端な長さの髪をゴムでまとめ、手を洗う。ユウがじっとこちらを見ている。さすがにやりづらくて、千春は彼を睨《にら》みつけた。

「……休憩室で休んでてもらえませんか?」

ユウはしばらく千春を見つめてから、やおら自分が被っていたハンチング帽を千春の頭に被せた。

「じゃあ……待ってます」

ユウはそう言って、休憩室に入った。

千春はずり落ちそうな帽子をかぶり直し、買って来た玉ねぎを取り出し――自分の顔の熱さに溜《た》め息《いき》を漏らした。プロの料理人であるユウに料理を出すのも、こんなふうに強気に出たのも、ユウから見つめられ、帽子を被せられたのも、何もかも恥ずかしい。でも、やるのだ。やりたいことがあるのだ。証明したいことがあるのだ……千春は自分を奮い立たせ、玉ねぎの皮を剝《む》き始めた。

❄

ユウは休憩室で待っていた。あぐらを掻《か》いていたものの、さほど休んでいるという様子ではなく、休憩室に入ってきた千春を深刻そうな顔で見やった。

「お待たせしました」

ユウほど段取りのよくない千春は、自分で想像していた以上にユウを待たせてしまっていた。もう四十分以上経っている。

黙っているユウの前に、千春は弁当箱を置いた。

それは、青い、くるまの形をした弁当箱だった。

ユウはそっと蓋《ふた》を取った。

中身は、スパゲティナポリタンにハンバーグ。ミニトマトとブロッコリーも添えてみた。詰めてみると変形弁当箱というのはなかなか詰めにくいものだなと思ったが、ナポリタンという形にとらわれない料理のおかげでなんとかなった。ちなみにナポリタンはペンネではなくスパゲティで作った。

ユウは弁当の中身を見ても、緊張したようなその表情を変えなかった。

その表情を見て、千春も緊張が高まって、咳払《せきばら》いを一つしてから言った。

「あの……ユウさんに食べてもらうのにそんなにすごいできがいいってわけじゃなくて申し訳ないんですが……でも、自分なりにはうまくいったと思うし、いや、別に甘えがあるわけじゃないですけど……」

千春は何が言いたいのかわからなくなってきて、また一つ咳払いした。

「私は、幼稚園児のユウさんにハンバーグナポリタンのお弁当を作ったのはお父様だと思いますけど、他にも可能性はあるし、私が考えたことが絶対正しいなんて言いません。私の考えを信じられないからお父様のことも信じられないなんてことはないし、たとえユウさんがお父様のこと信じられなくても、私は今の、そのままのユウさんが好きです。

あ……いしてます」

相手を真正面にしてこんなことを言うのは照れくさくて、声がひっくり返った。

恥ずかしくて一度顔を伏せて、それからまた意思の力を振り絞って顔を上げた。

ユウの顔も、赤かった。

「だからふさわしくないとかいうことはないです。ユウさんが作ったスパカツみたいに、全然違っても、ふたつのものが隣り合わせで存在できるし、私たちもそうなれたら、それはとっても素敵なことだと思うんです」

千春は、自分がユウをこんなふうに説得するなんて不思議な感じがした。存在の地味さのせいでどこか自分に自信を持てないまま生きてきたのは千春の方だったはずなのに。

今は千春が、ユウを励ましている。

ユウは呆然《ぼうぜん》としていた。千春は自分の発言がまるでプロポーズみたいだと気付いていたから、逃げ出したいくらいの羞恥心《しゅうちしん》を抱えて爆発しそうになっていた。いやしかし、自分の気持ちを素直に語ると、プロポーズみたいになってしまうのだから仕方ない。

ユウはひたすら千春を見つめている。千春はその視線から逃れるようにまた俯《うつむ》いてしまった。

「食べてみてください……」

か細い声でそう言うと、ユウは勧められるままにぎくしゃくとした動きでフォークをとり、ナポリタンから食べ始めた。

少し子どもっぽすぎるかなと思ったが、ナポリタンはケチャップベースで甘めの味付けにしてみた。千春は小さい頃からこれが一番好きだったし、ユウが食べたものも、幼稚園の頃の弁当に入っていたのだから、子ども向けの味付けのはずだ。具材はピーマン、玉ねぎ、ソーセージ。ハンバーグの方はごく普通の作り方で、合い挽《び》き肉と玉ねぎと……いや、そういえば、冷ます時間がないからと玉ねぎは炒《いた》めずそのまま入れた。その代わりというわけではないが、肉をこねる時は頑張った。暖かい室内とはいえ、冬にハンバーグをこねるとどうしても指が冷たくなって仕方ないのだが、ここはハンバーグの大事なところだ。いつもは焼き加減が気になって焦がし気味にしてしまうが、今回は綺麗《きれい》に焼けている……かといって生焼けでもない、肉汁が逃れない良い焼き上がりだと思う。

つまりは、いつもよりはかなり上手《うま》くできたのだ。それを思い返し、自分を勇気づける。

ユウは黙ってナポリタンを食べ、ハンバーグを食べた。

ふと、彼はフォークを持ったまま、手を止めた。

「美味《おい》しいです……」

しみじみとした呟《つぶや》きだ。たぶん、嘘ではないと思う。

千春は心からほっとして、緊張のあまり詰めていた息を吐き出した。

「わっ……私もナポリタン好きなんです！　あの、子ども向けの味とは思うんですけど、正直、これだけはちょっと自信があってですね……ほら、スパゲティゆでてる時間くらいで完成するし……手軽で、作りやすいので、時々作ってるんです……ん？　あれ、今私もナポリタン好きって言いましたけど、ユウさんってナポリタンどうなんですか？スパゲティのナポリタンあんまり好きじゃないんでしたっけ？」

ユウは、苦笑して否定した。

「いえ……好きですよ、今は。スパゲティのナポリタンが苦手だったのは、子どもの頃の話ですから」

「ああ、よかったです……」

「そういえば、父もナポリタンが好きだって言ってました」

ユウは笑みを浮かべながらそう語り――千春はその言葉を拾い上げた。

「お父様と、好きなものの話とかされてるじゃないですか」

「え？」

ユウはそう言われて、ちょっとぼんやりした表情を浮かべた。

「そういえば……父とは、仕事の話が多かったので、いつこんな話をしたのか……」

少し黙って考えてから、彼はぽつり呟《つぶや》いた。

「……ずっと……小さい頃のことです。父と目線が合っていなくて、父が屈《かが》んで目線を合わせてくれた覚えがあるので……」

ユウは、手元の弁当箱を見下ろして、そこに千春ではない――過去の弁当を見ていた。

「この弁当箱を持って帰ってきた日……だったと思います。父が珍しく家にいて、弁当箱を洗って……僕がそれを拭《ふ》いていたんです。そのとき、確かに、父はナポリタンの話をしていました」
ユウは弁当箱から千春に視線を移した。その表情はころころ変わった。泣きそうにな
り、半分笑ったような顔になり、目を伏せて、彼は言った。
「特に、ハンバーグの付け合わせのナポリタンが好きだって……ああ、そうか、父は、
好きなものの話をしたくて、弁当を作ってくれたんですね……」
伏せられた目は、潤んでいる。ゆっくり瞬《まばた》きすると、睫《まつげ》が濡《ぬ》れた。
千春は、ちゃぶ台の上に置かれた彼の右手にそっと手を重ねた。
重ねられた千春の指先を、彼は握り込んだ。
「たぶん、父は、父なりに、僕とコミュニケーションを取りたかったんでしょうね。そ
のために、好きなものを詰めた。僕の好きなハンバーグと、父の好きなナポリタン。う
まくいったかどうかは怪しいところですが、でも……父は、僕を気にかけてくれていた
んですね」
ユウはそう言って、顔を上げ、千春を見やって微笑んだ。まだわずかに濡れていた目
は、電球色の照明に照らされて、星を閉じ込めたように光っていた。
「僕は子ども心に、両親に仲良くして欲しかった。ある時、僕が料理をしたら、両親は
二人とも食卓について、美味しい美味しいって食べてくれたんです。それから、僕は料
理をするようになりました。両親に楽しく食卓を囲んで欲しかったから」
「その後、ご両親は……？」

「結局離婚しました。僕は母について、中学生の頃からアメリカに行って……その頃には料理は僕の担当でした。料理を楽しむようになったのは向こうに行って色々教えてくれる人がいたからで……日本に帰るかどうかは悩んだのですが、父がいたので」

自分で口にしたことに照れたように、彼ははにかんで、言い訳めいたことを口にした。

「母とはずっと暮らせたけど、父とはあまり思い出がなくて。父がどういう人なのか、どういう料理人なのか、知りたくて、働かせて欲しいと頼んだんです。父は息子ではなく、従業員として扱うと言って、その通りにしました。むしろ、他の従業員より、よほど厳しく指導を受けましたし、父と個人的な話はほとんどしませんでした。そういう距離感を許されませんでした」

困ったようにユウは微笑んだ。時々彼はそういう顔をするのだが、どうも、自分の感情の取り扱いがわからない様子にも見えた。

「そうするうちに、なんだかよくわからなくなってきて——料理人としての父を尊敬し、技術を吸収し、考え方を受け入れ、でも、それが僕のしたかったことなのか、わからなくなって、むやみに反発したりする場面も増えてきて……そんな時、父が亡くなりました。急に倒れて、そのまま……」

困ったように眉《まゆ》を寄せ、口元には笑み。苦笑のようなそんな顔で、彼は千春の指先を握っていた。ユウの手は乾いて、温かかった。

「今になって、ようやくわかりました。僕は、たぶん、父と親子になりたかったんです」

ゆっくりと、ユウは千春の指を撫《な》でた。

「父も、何年も離れていた僕をどうしたらいいのか、わからなくなってたのかもしれませんね。もし、父が生きていたら、もっと……いえ、すみません、こんな話。わけわかんないですよね……」

「そんなことないですよ」

千春は自分の指をもてあそぶユウの手を見つめながら答えた。

「ユウさんのことなんですから、聞けて嬉《うれ》しいですよ」

「……ありがとう、千春さん」

ユウが近づいてきて、千春の頭に額を寄せてきた。声がごく近くで聞こえる。

「料理は、僕と家族を結びつけてくれました。子どもの頃も、その後も……」

何か言いかけて、彼は一旦《いったん》言葉を飲み込み――また、勇気を振り絞るようにして言った。

「千春さんとも、出会わせてくれました」

「……！」

間近でそんなことを言われて、千春は顔を真っ赤にしてユウを見た。近すぎて、相手の顔が見えない。その近さが恥ずかしくもあり、思わず目を伏せた。

ユウの声が、耳をくすぐるように近い。

「僕、前に言いましたよね、北海道は広いから、まだ千春さんの知らないことがたくさんあるって……あのとき、だから、もっと知って欲しいと言いたかったんです。もっと、一緒にいて欲しいって。それがどんな形になるかは、千春さんの考えもあることだと思いますし、わかりません。僕はどうしてもこの店は離れられないので、遠距離という形もあるかもしれません。でも……」

ユウの熱が、触れ合った額から伝わってくる。熱い、彼の体が熱い。

「でも、僕は、あなたを幸せにしたいし、あなたと幸せになりたい」

ひえっ、と声が出そうになった。心臓がどくどくばくばくいってうるさい。ユウはきっと自分の心にあることを言っただけだ——でも、それがなんだか、まるで、プロポーズみたいになってしまったのだ。そう、さっきの千春と同じに。

緊張して、混乱して、興奮もしていて、千春はもう何がなんだかわからない。

ユウがどんな顔をしているのか見たくて、千春はちょっと距離を取り、目を上げた。

ユウは少しだけ寂しそうな顔をした——たぶん、千春が離れたから。

その顔を見て、千春は突然気付いた。

問題のある恋人と付き合っていた若菜という女性客について、ユウは『自分を大事にしきれていない』と評していた。傷ついた若菜に対して厳しいのではないかと千春は違和感を覚えたものだが、今になって理解できた。

ユウは、あのとき若菜の中に自分自身を見ていたのだ。

若菜もユウも、問題を抱えて、悩み、傷ついて、心のどこかで自分を大事にできなくなっていた。ユウは自分の価値を疑っていたのだ——父親から愛されているのか疑い、千春に自分はふさわしくないとまで口走った。

「………」

考えてみれば、彼はずっと自分をなおざりにしがちだった。千春はそういうところに時々もやもやして、放っておけなくて関わってきた。

今、そのユウが、こんなふうに、千春と幸せになりたいと宣言してくれたのだ。

それは、すごいことなのではないだろうか。

千春は一気に彼との距離を詰め、腕を回して抱きしめた。

「私も約束しますよ。一緒に幸せになりましょうね」

一拍おいて、戸惑うようにユウは千春の背中に手を回し、それからぎゅうっと、力強く抱きしめた。

意外なほどの力の強さに、千春は驚いて、胸が苦しくて、同じくらい強く抱きしめ返した。

しばらく押し合ったのち、そのままころんと畳の上に転がった。

「ふふ……」

おかしくて、思わず笑いが漏れる。ユウも喉《のど》を鳴らすみたいな笑いを漏らしていた。

ユウの腕に閉じ込められて、暖かだった。ユウのシャツには、美味《おい》しそうな食べ物の匂いが染みついてる。

「あったかいうちに、食べてくださいね」

千春がユウの腕の間から顔を上げてそう言うと、微笑を浮かべたユウが聞き返した。

「それ、お弁当のことですよね？」

「そう、お弁当のことです……あっ、確かにお弁当あったかいうちにっていうのも変かな、いや、変じゃないですよね。せっかくあったかいので……」

「わかってますよ、あったかいうちに、いただきますね」

そう言ってユウは畳に手をついて身体を起こした。千春はまだ畳の上に転がっていたから、まるで彼が千春を押し倒したみたいな格好になって、突然千春は自分がユウからどう見られているのか気になった――距離が近いし、髪は畳の上で乱れているし。

ユウはふと千春に目を留めると、そのままの、千春の顔の横に手をついたままの姿勢で、囁《ささや》いた。

「だから待っていてくださいね」

はい、と答えかけて、千春は口を噤《つぐ》んだ。

『待って』いるつもりだ、勿論《もちろん》……でも、それから？

呆然《ぼうぜん》としていると、ユウが視界から外れていった。

千春はしばらくくま弁の和室の天井を見上げていたが、ユウがまた視界に入ってきた。どうやら、一旦厨房《いったんちゅうぼう》に行って、千春の分もハンバーグナポリタンを装ってきてくれたらしい。ユウが手を貸して、千春を起こしてくれる。

室内には、ナポリタンの、焦げたバターとケチャップの香りが漂っていた。

本書は書き下ろしです。
この作品はフィクションです。実在の人物、団体等とは一切
関係ありません。

弁《べん》当《とう》屋《や》さんのおもてなし

甘《あま》やかおせちと年《とし》越《こ》しの願《ねが》い

喜《き》多《た》みどり

平成30年 11月25日　初版発行
令和5年 5月30日　9版発行

発行者●山下直久

発行●株式会社KADOKAWA
〒102-8177　東京都千代田区富士見2-13-3
電話　0570-002-301（ナビダイヤル）

角川文庫 21299

印刷所●株式会社KADOKAWA
製本所●株式会社KADOKAWA

表紙画●和田三造

●お問い合わせ
https://www.kadokawa.co.jp/（「お問い合わせ」へお進みください）
※内容によっては、お答えできない場合があります。
※サポートは日本国内のみとさせていただきます。
※Japanese text only

ISBN 978-4-04-106886-1　C0193

角川文庫発刊に際して

角川源義

第二次世界大戦の敗北は、軍事力の敗北であった以上に、私たちの若い文化力の敗退であった。私たちの文化が戦争に対して如何に無力であり、単なるあだ花に過ぎなかったかを、私たちは身を以て体験し痛感した。西洋近代文化の摂取にとって、明治以後八十年の歳月は決して短かすぎたとは言えない。にもかかわらず、近代文化の伝統を確立し、自由な批判と柔軟な良識に富む文化層として自らを形成することに私たちは失敗して来た。そしてこれは、各層への文化の普及滲透を任務とする出版人の責任でもあった。

一九四五年以来、私たちは再び振出しに戻り、第一歩から踏み出すことを余儀なくされた。これは大きな不幸ではあるが、反面、これまでの混沌・未熟・歪曲の中にあった我が国の文化に秩序と確たる基礎を齎らすためには絶好の機会でもある。角川書店は、このような祖国の文化的危機にあたり、微力をも顧みず再建の礎石たるべき抱負と決意とをもって出発したが、ここに創立以来の念願を果すべく角川文庫を発刊する。これまで刊行されたあらゆる全集叢書文庫類の長所と短所とを検討し、古今東西の不朽の典籍を、良心的編集のもとに、廉価に、そして書架にふさわしい美本として、多くのひとびとに提供しようとする。しかし私たちは徒らに百科全書的な知識のジレッタントを作ることを目的とせず、あくまで祖国の文化に秩序と再建への道を示し、この文庫を角川書店の栄ある事業として、今後永久に継続発展せしめ、学芸と教養との殿堂として大成せんことを期したい。多くの読書子の愛情ある忠言と支持とによって、この希望と抱負とを完遂せしめられんことを願う。

一九四九年五月三日

ISBN 978-4-04-105579-3

ISBN 978-4-04-106885-4

ここは神楽坂西洋館2

三川みり

「あなたの居場所がきっと見つかる」下宿物語第2弾！

都会の路地裏にひっそりと佇む「神楽坂西洋館《かぐらざかせいようかん》」。不思議な縁で、泉《いずみ》は植物を愛する無口な大家・陽介《ようすけ》や個性あふれる下宿人たちと一緒に暮らすことに。陽介との距離が縮まりつつなかなか先に進めない泉だが、そんな中、身近にある草花を見ただけで人の悩みを察知できる陽介の下には相変わらず次々と問題が持ち込まれる。ついには彼の過去を知る人物も現れて……？“あなたの居場所”はここにある、心がほっと温まる下宿物語。

ISBN 978-4-04-103492-7

深海カフェ 海底二万哩《マイル》

蒼月海里

「幽落町」シリーズの著者、新シリーズ！

僕、来栖倫太郎《くるすりんたろう》には大切な思い出がある。それは7年も前から行方がわからない大好きな"大空《おおぞら》兄ちゃん"のこと。でも兄ちゃんは見つからないまま、小学生だった僕はもう高校生になってしまった。そんなある日、僕は池袋のサンシャイン水族館で、展示通路に謎の扉を発見する。好奇心にかられて中へ足を踏み入れると、そこはまるで潜水艦のような不思議なカフェ。しかも店主の深海《ふかみ》は、なぜか大空兄ちゃんとソックリで……!?

角川文庫のキャラクター文芸

ISBN 978-4-04-103568-9